菊むすび

花暦 居酒屋ぜんや

坂井希久子

時代小説文庫

角川春樹事務所

目次

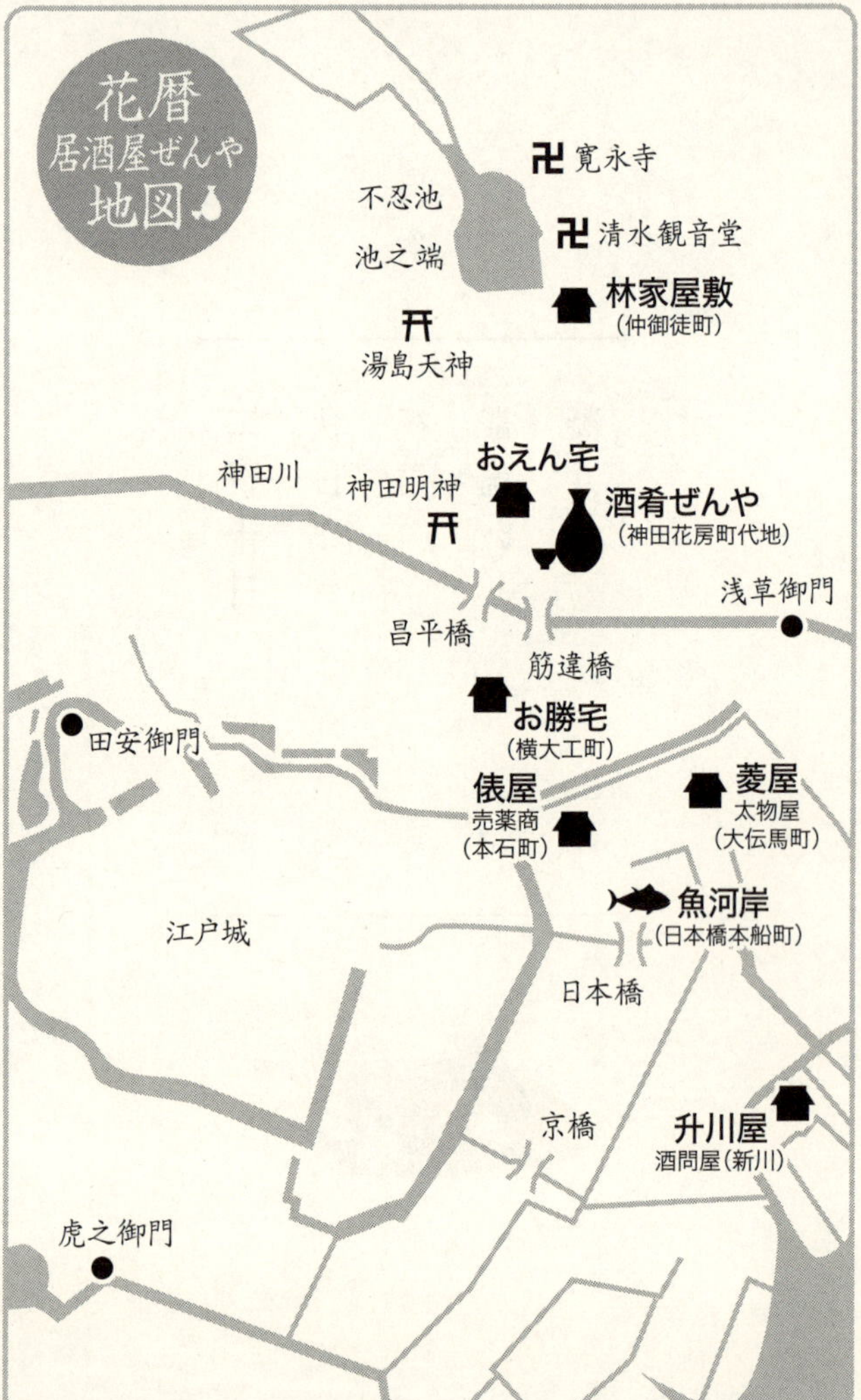
花暦
居酒屋ぜんや
地図
寛永寺
不忍池
清水観音堂
池之端
林家屋敷
(仲御徒町)
湯島天神
おえん宅
神田川
神田明神
酒肴ぜんや
(神田花房町代地)
浅草御門
昌平橋
筋違橋
お勝宅
(横大工町)
田安御門
俵屋
売薬商
(本石町)
菱屋
太物屋
(大伝馬町)
魚河岸
(日本橋本船町)
江戸城
日本橋
京橋
升川屋
酒問屋(新川)
虎之御門

菊むすび

花暦　居酒屋ぜんや

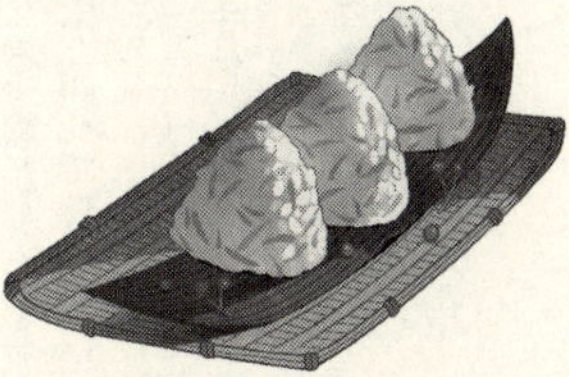

〈主な登場人物紹介〉

お花《はな》……只次郎・お妙夫婦に引き取られた娘。鼻が利く。

熊吉《くまきち》……本石町にある薬種問屋・俵屋に奉公している。ルリオの子・ヒビキを飼っている。

只次郎《ただじろう》……小十人番士の旗本の次男坊から町人となる。鶯が美声を放つよう飼育するのが得意で、鶯指南と商い指南の謝礼で稼いでいる。

お妙《たえ》……居酒屋「ぜんや」を切り盛りする別嬪女将。

お勝《かつ》……お妙の前の良人・善助の姉。「ぜんや」を手伝う。十歳で両親を亡くしたお妙を預かった。

お栄《えい》……只次郎の姪。大奥に仕えていたが辞めた。

「ぜんや」の馴染み客

菱屋《ひしや》のご隠居……大伝馬町にある太物屋の隠居。只次郎の養父となった。

升川屋喜兵衛《ますかわやきへえ》……新川沿いに蔵を構える酒問屋の主人。妻・お志乃は灘の造り酒屋の娘。息子は千寿。

俵屋《たわらや》の若旦那……本石町にある薬種問屋の主人の一人息子。

二百十日

一

朝早くから、風の強く吹く日だった。

ひょうひょうと唸《うな》り声を上げ、各家の戸板を揺らしている。その音で、すっかり目が覚《さ》めてしまった。

薄暗さの残る中、お花《はな》はむくりと起き上がる。鶯《うぐいす》たちの、身動《みじろ》ぎする気配が伝わってきた。

「おはよう」

お栄《えい》が林《はやし》家に戻ってからも、お花は『春告堂《しゅんこくどう》』の二階に寝起きしている。夜具を片づけながら、鶯たちに向かって挨拶《あいさつ》をした。

返事はない。ハリオもヒスイも、「ホーホケキョ」とは鳴かなくなった。時折「チチチ」と、地鳴きをするのみである。

享和《きょうわ》元年（一八〇一）、文月《ふづき》二十五日。

盂蘭盆《うらぼん》もとうに過ぎ、秋の気配が深まりつつある。ルリオ調を引き継《つ》いでくれたヒスイの美声も、来年までお預けだ。春にまたいい声で鳴いてもらえるよう、せいぜい美味《おい》しいものを食べさせてやらなければ。

「ちょっと待ってね」

お花が起きたことに気づき、鳥籠《とりかご》の中の気配が騒がしくなる。ひと言断ってから、お花は着物を緩く着つけ、階下へと降りてゆく。

「わっ！」

勝手口から外へ出たとたん、着物の裾《すそ》がはためいた。白い脛《はぎ》が露《あら》わになり、慌てて上前を押さえる。舞い上げられた砂埃《すなぼこり》が目に入らぬよう、もう片方の手を上げて袂《たもと》で顔を庇《かば》った。

生温《なまぬる》い、嫌な風だ。鬢《びん》の後《おく》れ毛も乱れ放題。井戸端でそれを撫《な》でつけて、どうにかこうにか洗面を済ませる。

頭上に気配を感じて見上げてみれば、一羽の烏《からす》が空を横切ろうとしていた。風に煽《あお》られて、思うように飛べないでいる。途中で諦《あきら》めたらしく、旋回《せんかい》して流されるまま飛び去っていった。

この風が止《や》まぬかぎり、今日は客足も鈍《にぶ》そうだ。そう思いつつ、お花は隣の『ぜんや』へ向かう。

「おはよう、おっ母《か》さん」

お勝手の戸を開けてみると、お妙《たえ》はすでに起きていて、小上がりの縁《へり》にぼんやりと腰掛けていた。お花の挨拶を聞いて、振り返った顔は真っ白だ。

「あら、おはよう。早いわね」

応じる声にも、どことなく張りがない。お花はその隣に、並んで座った。

「風の音がすごくて、目が覚めちゃった」

「そうね、なにせ二百十日だから」

「あ、そっか」

二百十日とは雑節の一つで、立春から数えて二百十日に当たる日を指す。

この日の前後は野分《のわけ》に見舞われることが多く、稲の開花の時期にあたることから、農家の厄日《やくび》とされている。すなわち大風や大雨に、充分気をつけるようにという警告だ。

「じゃあこれから、雨も強く降るのかな」

「どうかしら。なにごともなく、治まってくれるといいんだけれど」

会話をしながらお花はちらりと目を上げて、二階の気配を窺《うかが》う。しばらく待っても、物音はコトリともしなかった。

「お父《とっ》つぁんは、もう出かけたの？」

「ええ、ついさっき」

「なにも、こんな日に――」

この風では道中難儀するだろうと、只次郎《ただじろう》に同情する。だが身分が天地ほども隔《へだ》たるお方に呼ばれては、空模様一つで断るわけにいくまい。

御三卿一橋家《ごさんきょうひとつばし》の、ご隠居様。お花とは一生縁のなさそうな方と只次郎は、なにやら因縁《いんねん》があるようだ。呼ばれて出てゆくたび、お妙が気を揉《も》んでいるのが分かる。なにがあったか知らないが、ご隠居様を恐れているようである。

「おっ母さん、朝餉《あさげ》は食べた？」

「いいえ。でも、喉元《のどもと》がつかえるようで」

「そう、じゃあもう少し後にしよう」

お妙に元気がないのは、一橋様のせいばかりではない。盂蘭盆のあたりから、体の調子が優れないのだ。

なんだかだるそうにしているし、食べる量も減っている。おそらく夏の疲れが出たのだろうと、当人は言っている。

線が細いわりに風邪《かぜ》すらめったにひかぬ人だが、お妙もすでに三十七。見た目が若いからうっかりしがちだが、いつの間にやら不惑に近づきつつあった。

「他に、つらいところはない？　無理しないでね」

「平気よ。どうせこの風じゃ、お客さんは少ないでしょうし。船も出せなかったんじゃないかしら」

「それなら、『マル』さんたちは来ないね」

「ええ、だからゆっくりやりましょう」

昼飯時の常連は、魚河岸《うおがし》の男たちだ。この強風ではおそらく漁はできず、魚が揚《あ》がってこなければ彼らだって仕事がない。しょうがないから家に帰り、朝酒を食らって不貞寝《ふてね》をしているはずである。

なら今日はお菜《さい》の用意を少なくして、場合によっては早めに店仕舞いをしてもいい。お妙には、休息が必要だ。

「じゃあ私、先に鶯の世話を済ませちゃうね」

そう言って、お花はお妙の手を取った。手首の骨が、前より浮き出ている気がする。

つらい目に遭《あ》ってお花が痩《や》せ細ってしまったとき、「お妙さんが心配するだろ」と熊吉《くまきち》に叱《しか》られた。飯を食べることは、命の源だ。

まさか、おかしな病気じゃないよね。

身近な者が食い気をなくして痩せてゆくのは、こんなにも心細いのか。胸に浮かんだ不安を追い払おうと、お花は勢いをつけて立ち上がった。

練《ね》り餌《え》を猪口《ちょこ》に盛ってやるなり、鶯たちは旺盛《おうせい》な食欲を見せた。ハリオにメノウ、サンゴにコハク。餌《えさ》をついばむ様子を微笑《ほほえ》ましく眺めてから、使った道具を片づける。外を吹き荒れる風は、いっこうに治まる気配がない。

念のため雨戸を閉めてから、お花は隣の『ぜんや』に戻った。いつもの棒手振《ぼてふ》りが来た後らしく、見世棚《みせだな》には小茄子《こなす》に葱《ねぎ》、そして厚揚げが並んでいる。

「えっ、これだけ？」と、思わず声に出してしまった。

お妙も困ったように、頰《ほお》に手を当てて首を傾《かし》げる。

「ええ、やっぱり船は出なかったみたい。八百屋《やおや》さんも、仕入れがほとんどなかったようね」

青物などの土物は、江戸近郊の農家が朝早くから大八車を引いて運んでくる。この風では、荷出しを諦めた者も多かろう。

ない品物は、買えやしない。今日のところは、乏《とぼ》しい食材で乗りきるしかなさそうだ。

「幸い昨日のうちに作っておいた、烏賊《いか》の塩辛があるわ。そのまま出してもいいのだけど――」

「里芋《さといも》の買い置きもあるよ。塩辛と煮るのはどう？」

「いいわね。小茄子は南蛮煮《なんばんに》にしましょう」

小茄子を丸ごと酒と醬油《しょうゆ》で煮て、赤唐辛子を散らした南蛮煮。嵐《あらし》が激しくなったときのために、自《おの》ずと日持ちを考えた献立《こんだて》になっている。

「汁物は、梅若《うめわか》汁ならできるわね」

「うん、梅干しと干し若布《わかめ》は常にあるしね」

昆布出汁《こんぶだし》に千切った梅干しと若布を入れて煮た汁は、胃腸の調子を整えるのにもよい。お妙にも、ぜひ飲んでもらいたいものだ。

「あとは――」

残るは厚揚げ。これを七厘《しちりん》で、サッと焼いてもいいのだが。

「そういえば、二百十日にまつわる食べ物ってあるの？」

ふと思いついて、聞いてみた。

「そうねぇ」と、お妙が考える素振りを見せる。

「地域によっては風穴《かざあな》ふたぎといって、お団子《だんご》を作って神棚にお供《そな》えすると聞いたことがあるわね。あとは、焼き味噌《みそ》や茸飯《きのこめし》を供えることもあるとか」

お妙はやはり、物知りだ。団子は粉の用意がないが、焼き味噌ならすぐにでも作れる。

「じゃあ、厚揚げに味噌を塗《ぬ》って炙《あぶ》ろう」

葱もあることだし、細かく刻《きざ》んで混ぜ込めばよい。味噌の焦《こ》げる香ばしいにおいが、早くも鼻先をくすぐるようだ。

「そうね、そうしましょう」

お妙が頷《うなず》き、無事に厚揚げの使い道が決まった。

まだ少しばかり、品数が寂《さび》しい。けれども茸は、干したのすら手元にない。

茸飯、食べたかったな。

残念がっていたら、店の裏から物売りの声が聞こえてきた。

「しいたけぇ〜、ひらたけぇ〜、しめじに、はつたけぇ〜」

裏店《うらだな》の路地にまで入り込んできた、物売りだ。

これぞまさに、渡りに船。お花はお妙と顔を見交《みか》わし、頷き合う。

「どのくらい買う？」

「ありったけを」

お妙が帯の間から財布を取り出し、差し出してくる。

それを掴《つか》み、お花は「くださいな！」と勝手口から外に飛び出していった。

二

茸売りはいつぞやの、小塚原《こづかつぱら》あたりから来ている爺《じい》さんだった。

待ちに待った秋となり、採《と》れた茸を日本橋《にほんばし》で高く売ろうと思ったらしい。ところが進むごとに風が強まるものだから、だんだん嫌になってきた。

早く荷を売りきって帰りたい。そこでふと、『ぜんや』を思い出したという。

あれはもう、二年前の秋になるのか。この爺さんから聞きだしたいことがあり、茸をたくさん買い上げた。今回もありったけ分けてほしいと頼むと、爺さんは曲がった腰をさらに曲げて喜んだ。

椎茸《しいたけ》、平茸《ひらたけ》、占地《しめじ》に初茸《はったけ》。お陰様《かげさま》で寂しかった見世棚が、すっかり賑《にぎ》やかになった。

「いやぁ、まいっちまうね。なんだい、この風は」

「ほんと。洗濯《せんたく》もできやしないわねぇ、おっ母さん」

ついでに店の小上がりも、賑やかになった。

裏店に住むおえんとおかやの母娘《おやこ》が、出された茶を啜《すす》っている。お花が棒手振りから茸を買い占めようとしている最中に、「おくれ」と走り出てきたのである。

それならばとおえんにも、買った茸を分けようとした。しかしおえんは両手を突き出し、首を横に振った。

「『ぜんや』で使うの？　だったらアタシたちはいらないや。その代《か》わり、美味しい茸料理を食べさせとくれよ」

自分で作るより、お妙の料理のほうが美味しいに決まっている。そう言って、あっけらかんと笑ったものである。

遠慮《えんりょ》がないというか、図々《ずうずう》しいというか。おえんは相変わらずだ。

でもお花が賊《ぞく》に攫《さら》われ、助け出されたのちは、おえんでさえ様子を窺うように接してきた。あの腫《は》れ物に触るような態度は薄気味悪かったから、おえんはおえんらしく、無遠慮なくらいでちょうどいい。

どうせ相手に、深い考えがあるわけではないのだ。その言動をいちいち気に病む必要はないと、お花にもようやく分かってきた。

「ねぇ、お花ちゃん。最近千寿《せんじゅ》さんに会った？」

おかやの気質は、おえんにそっくり。只次郎の話によると、おえんも若いころは悋《りん》気《き》が強く、ありもしない亭主の浮気を勘ぐってばかりいたそうだ。

千寿のこととなると、おかやは心が狭くなる。今も、抜け駆けは許すまじという目をしている。

「ううん、会ってない」

「アタシも。ねぇ、『ぜんや』でまた、なにかやらない？　次は千寿さんも呼ぼうよ」

お栄を送るため、娘ばかりの会を催《もよお》したのが三月《みつき》前のこと。ああいった集まりを、また開いてほしいとおかやは言う。

「いいけど、お梅《うめ》ちゃんはもうすぐ祝言だし――」

お梅の嫁《よめ》入りは、ふた月後の大安吉日、九月二十七日と決まった。

その準備に忙しい上、行儀見習いのため頻繁《ひんぱん》にお志乃《しの》の元へ通っている。それだけでなく育ててもらった恩返しと言って、空《あ》いた時間で宝屋《たからや》の看板娘も続けていた。

だから当分は暇《ひま》がなさそうだし、嫁《とつ》いでしまえば俵屋《たわらや》のご新造《しんぞ》様。他愛《たわい》ない集まりに誘うのは、気が引ける。

「だったら、千寿さんだけでもいいのよ。美味しいご飯を食べましょうって、お誘いして」

「誘うって言っても――」

千寿だって、お花にとっては気後れのする相手だ。なんといっても升川屋《ますかわや》の若様で、幼くとも人ができている。呼べば来てくれるかもしれないが、十の男の子が楽しめるとは思えない。

どうしたものかと困惑していると、おえんが娘の頭を軽く小突いた。

「あのね、升川屋の若様は、アンタと違って忙しいんだ。近ごろは、私塾に通いだしたらしいよ」

「寺子屋なら、アタシだって通ってるわ」

「アンタのは、ただの手習い。若様のは四書五経《ししょごきょう》を教わるような塾さ」

千寿のあまりの立派《りっぱ》さに、お花は内心舌を巻く。それに加えてお茶などの習い事までしていると言っていた。子供らしく遊ぶ暇はあるのだろうかと、心配になるほどだ。

同じくお妙も、そのあたりが胸に引っかかったのだろう。前掛けの紐《ひも》を結び直しながら、こう言った。

「千寿ちゃんはたしかに、忙しそうね。でも息抜きだって必要だから、今度お志乃さんに話してみるわ。うちで食事でもいかがですかって」

「さすがお妙さん。好き！」

おかやが目を輝かせ、神仏でも拝《おが》むように手を合わせる。

現金なものだ。それでもお妙は、意に介さず笑っている。

「私たちも朝餉がまだだから、これから茸飯を炊《た》こうと思うの。食べるでしょ?」

「お妙ちゃん、大好き!」

おえんもまた、娘に倣《なら》ってお妙を拝む。まったく、似たもの同士である。

だがお妙には、もう少しゆっくりしてほしい。お花は帯の間から襷《たすき》を取り出し、手早く袖《そで》を纏《まと》めた。

「おっ母さん、私がやるよ。座ってて」

「でも——」

「ついでに下拵《したごしら》えもやっちゃうね。今日のは簡単だから、大丈夫」

さっき考えた献立は、手間のかからぬものばかり。お妙が調理場に立つまでもない。味を決めるときだけ、助言をもらえれば充分だ。

「そうしな。アンタまだ、具合が戻ってないんだろ。こんな風の日に来る客なんざ、どうせろくなもんじゃないよ」

お妙を拝んでいたおえんが、ころりと態度を変えた。こんな風の日に来ておいて、ずいぶんな言い草である。

とそこへ、表の戸がガタリと鳴った。風のせいかと思ったが、どうやら違う。お花が振り返ると同時に、横に開いた。

「おや、ろくでもないのが来たよ」

おえんが座ったまま、首をひょいと伸ばす。

戸口に立っているのは、行商箪笥《だんす》を背負《せお》ったお店者《たなもの》だ。風が強いため、格子縞《こうしじま》のお仕着せを尻《しり》っ端折《ぱしょ》りにして、股引《ももひき》を見せている。

「到着するなり、悪口かよ」

そう言うと、熊吉は嫌そうに顔をしかめた。

昆布で出汁を引きながら、流しで米を研《と》ぐ。

熊吉も食べるだろうし、おえんとおかやは大食らいだ。茸飯は、大きな土鍋《どなべ》で炊くことにする。

米に水を含ませている間に、お花は茸の汚れを取り、食べやすい大きさに裂いてゆく。特に初茸は虫が入りやすいから、注意が必要だ。

「ええっと、次は――」

調理場に一人だから、要領よく動かなければ。茸の処理を終え、里芋の皮剝《む》きに取りかかる。その途中で、昆布を煮出している鍋が沸《わ》きはじめた。

「わわっ！」

昆布出汁は、湯が沸く直前に昆布を取り出すのが基本だ。ぐつぐつ煮てしまうと、臭みやえぐみが出てしまう。

急ぎ昆布を引き上げて、鍋に鼻先を近づける。嗅覚《きゅうかく》に優れたお花でも、さほど磯臭《いそくさ》さを感じない。すぐに気づいたから、なんとか間に合ったのだろう。

「ふぅ」と、手の甲で額《ひたい》を拭《ぬぐ》う。一人で調理場を切り盛りするには、腕があと二本はほしいところだ。

おっ母さんは、やっぱりすごいな。

尊敬の念を新たにしながら、お花は小上がりをそっと窺う。顔色の冴《さ》えないお妙は、畳《たたみ》に手をつき、くたりと座っている。

「誰《だれ》がろくでなしだよ。吹き降りになっちゃ外回りはできねぇから、風だけで済んでるうちに得意先を回ってんだろ」

「はぁ、そりゃご苦労だねぇ。こんな日はどこもかしこも、休みにしちまえばいいのに」

「オイラだってそう思うけど、動ける奴《やつ》が動かないと、世の中回らねぇだろ。棒手振りが来なきゃ、茸も食えないわけだしさ」

熊吉とおえんの軽口に、お妙はふふふと笑みを洩《も》らした。

笑っていられるなら、まだ平気か。お妙の具合を推《お》し量《はか》りつつ、お花は剝きかけの里芋に手を伸ばす。

「ねぇその茸、色が変よ。毒なんじゃない？」

小上がりにいないと思ったら、おかやが爪先《つまさき》立ちになって、見世棚越しに調理場を覗《のぞ》き込んできた。裂いて笊《ざる》に盛っておいた、茸の山を指さしている。

色が変と言われたのは、初茸だ。ご指摘のとおり所々に、青カビがついているような変色が見られる。

「初茸は、傷がついたところが青や緑に変わっちゃうの。毒はないから、安心して」

秋のはじめに生えてくるから、その名も初茸。見た目は悪いが、味は抜群だ。いい出汁が出るので、焼くよりは煮たほうがよい。

「本当にぃ？」

おかやの目が、疑わしげに眇《すが》められる。お妙に教わった知識だから、間違いはないはずだが――。

「本当だ。むしろその色のお陰で、初茸は素人《しろうと》にも見分けがつきやすい。だから茸狩りでも人気だよ」

薬の売り上げを数えながら、熊吉が口を挟んできた。前よりも、横顔が大人びて見えるのは気のせいだろうか。

「ああ、茸狩り！」

なにを思ったか、おかやがぴょんと飛び上がった。勢いよく、小上がりを振り返る。

「ねぇ、お弁当を持って、茸狩りに行くのはどう？　それなら千寿さんを誘いやすいわ」

さっきの話が、まだ続いていたのか。さすがにげんなりしていたら、熊吉がお花の気持ちを代弁してくれた。

「千寿千寿って、お前はそればっかりだな」

「好きなんだもの。悪い？」

おかやが豊かな頰をぷっと膨《ふく》らます。まるで、焼いた餅《もち》のようである。

「向島《むこうじま》のほうまで足を延ばしちゃどうかと思ったけど、意地悪言うなら熊ちゃんは連れてってやらない」

「どのみちオイラは、仕事だよ。それに、大川《おおかわ》の向こう岸には行けねぇんだ」

「えっ、なんで？」

「旦那《だんな》様の言いつけでな」

お花は無言で、里芋の皮を剝いてゆく。

熊吉は本当に、大川より向こうの得意先を失ったのだ。外回りの最中に、深川《ふかがわ》の女郎の元へ通っていた報《むく》いである。実態は、病持ちの女を見舞っていただけなのに。

そのお万《まん》とかいう女は、今はどこにいるのだろう。俵屋で請《う》け出す算段をつけた矢先に、煙のように姿を消してしまった。そのせいで、熊吉はしばらく塞《ふさ》ぎ込んでいた。

あれからひと月が過ぎ、少しは気持ちの整理がついたのだろうか。熊吉は次第《しだい》に、陰《かげ》のある横顔を見せるようになった。なにかを恥《は》じるような、諦めかけているような。

どうすれば前のように屈託《くったく》なく笑ってくれるのか、そのやりかたが分からない。

「なによその、変な言いつけ――」

「さぁそろそろ、茸飯を炊こうかな!」

なにも知らないおかやが話を掘り下げようとするものだから、お花はたまらず声を張り上げた。

「びっくりした。急にどうしたの」

「熊ちゃんのぶんは、おむすびにするね!」

おかやの文句に、さらなる大声を被《かぶ》せる。

握っていた包丁を置くと、お花は水に浸《ひた》しておいた米を笊に空けた。

三

手を真っ赤にして、大ぶりの握り飯を三つこしらえる。

四種の茸をたっぷり入れた、茸飯だ。味つけは、醤油と酒のみ。茸の風味を活《い》かしたくて、出し汁すら使っていない。芳醇《ほうじゅん》な秋の香りを、お花は胸いっぱいに吸い込んだ。

「はい、どうぞ」

できたての握り飯を竹の皮に包み、見世棚に置く。

次の得意先へ向かう支度《したく》をしていた熊吉が、「ああ、悪《わり》ぃな」と顔を上げた。

小上がりへは、土鍋のまま提供する。待ちきれないおかやが、飯碗《めしわん》を運ぶのを手伝ってくれた。

「ありがとう。よそうわ」

いくぶん顔色のよくなったお妙が、杓文字《しゃもじ》を手にする。そちらは任せることにして、お花は調理場に引き返した。

飯を炊く間に、昆布出汁で梅若汁を作っておいた。玉杓子《たまじゃくし》で掬《すく》って味見をしていたら、竹皮の包みに熊吉の手が伸びる。

「ありがたく、もらってくよ」

「うん。お天気が悪いから、無理しないでね」

「分かってる。ああ、ちょっと」

顔を上げて見送ろうとしたら、熊吉に手招きをされた。

なんだろうと、見世棚の際まで寄ってみる。熊吉が、己の右頬を指で叩《たた》いた。

「飯粒、ついてる」

「えっ！」

そういえば、握り飯を作った手で顔をこすった気がする。お花は慌てて、頬を払う。

向かい合っているから、右と左が分かりづらい。逆側の頰に、手を当てる。

「違う、逆」

「もうちょっと上。ああ、もう」

熊吉が、見世棚越しに手を伸ばしてくる。だが途中で指を握り込み、引っ込めてしまった。

「自分で取れ、馬鹿」

そのままぷいっと、そっぽを向いてしまう。

――なにそれ。

釈然としないまま、お花は頬骨のあたりをこすった。

中指の腹に飯粒が触れ、指先にくっついてくる。それをぱくりと、口に入れた。

意味が分からない。なにも悪いことをしていないのに暴言を吐かれ、胸がむかむかする。

一方の熊吉は、そっぽを向いた勢いで小上がりを振り返った。

「あ、そうだお妙さん。うちの若旦那様から、またあらためて依頼があると思うんだけど」

「あら、なぁに？」

「再来月の祝言、お妙さんに料理を何品か作ってもらいたいんだ」

言わずと知れた、若旦那とお梅の祝言である。

花嫁行列は日が暮れてから家を出て、婚家に向かう。ゆえに祝言が挙げられるのは、夜である。

その宴《うたげ》に饗《きょう》される料理を、お妙に頼みたいというのだ。

「たぶんお梅さんは、気を張っちまってるだろうからさ。旨《うま》いものでほぐしてやりたいんだって」

若旦那とお梅は、『ぜんや』で何度も飯を食べている。慣れぬ境遇に身を置く花嫁を、思い出の味で慰撫《いぶ》してやろうという魂胆《こんたん》だ。

頼りないところのある若旦那だが、案外いいことを思いつく。お梅だって、お妙が台所に控《ひか》えていると分かれば安心するに違いない。

「それはもちろん、構わないわ。ぜひ作らせてちょうだい」

「よかった。若旦那様に、そう伝えとくよ。うちの台所方と、相談しなきゃいけねぇこともあると思うけど」

「分かったわ。そのときはこちらから赴《おもむ》くわね」

「助かる。ありがとう」

再来月なら、お妙の具合もよくなっているだろうか。

友人の門出だ。お花もなにか、役に立ちたい。

「あ、梅若汁！」

手元に目を落とし、呟《つぶや》いた。

熊吉が「ん？」と、首を傾げる。

「祝言のお膳には、お吸い物もつくでしょう。梅若汁はどう。ほらちょうど、お梅ちゃんと若旦那が一緒になってる」

そう言いながら、お花は木の椀に汁を注ぐ。爽《さわ》やかな酸味のある梅若汁は、酒の席にも相応《ふさわ》しい。

「あら、それはいいわね」と、お妙も同意してくれた。

椀の中で若布が揺れ、ちぎり梅を優しく包む。

まるでそれは、二人の仲睦《なかむつ》まじさを表しているかのようだった。

「はぁ、旨い。口に入れたとたん、茸の香りが広がるねえ。うっとりしちまうよ」

「うん、風味がすごいわ。やだもう、止まらない」

おえんとおかやの母娘が、茸飯に舌鼓《したつづみ》を打っている。

初茸の青いところも、炊き込んでしまえば気にならない。食感は他の茸に劣《おと》るが、味わい深い出汁が出ている。

うん、悪くない。

自分でも食べてみて、お花は小さく頷いた。好物のおこげも、いい具合にできている。

「腕を上げたねぇ、お花ちゃん」

まだまだ未熟と分かっていても、褒《ほ》められるとつい嬉《うれ》しくなってしまう。隣をそっと窺うと、お妙が頷き返してきた。

「本当に美味しい。醬油の加減もいいわ」

味が薄いかもしれないと思ったが、茸から旨みが出ると信じて、醬油を控えめにしてよかった。お花は「えへへ」と、締まりのない笑みを浮かべる。

しかしお妙は、飯碗に軽く一杯平らげただけ。もう充分と、箸《はし》を置いてしまった。すでに昼四つ（午前十時）。この時分だと朝餉と昼餉を兼《か》ねることになるが、これっぽっちで足《た》りるのだろうか。

それに引き換えおえんとおかやは、先を競うようにお代わりをしている。その食い気を、お妙にも分けてやってほしい。

大きな土鍋で炊いたのに、茸飯は余りそうになかった。

「ところでお花ちゃん、熊吉となんかあったのかい？」

お碗に残った飯粒をつまみながら、おえんが尋《たず》ねてくる。

熊吉が出ていったばかりの表戸を睨《にら》みながら、お花は「べつに」と首を振った。

なぜ頰に飯粒をつけていただけで、「馬鹿」と罵《ののし》られてしまったのか。いまだに腑《ふ》に落ちない。飯粒くらい、すぐ取ってくれたらいいのに。

「へぇ、まぁそういう歳《とし》ごろかねぇ」

おえんが「いひひひ」と、肩を揺らして笑う。

なんとなく、嫌な笑いかただ。自ずと眉間《みけん》に、皺《しわ》が寄る。

「おえんさん」

お妙がやんわりと、窘《たしな》めるように呼びかける。おえんは不貞腐《ふてくさ》れたように、軽く舌を出した。

「んもう。漬物を切るわ。食べるでしょう?」

「もちろん!」

実に調子のいいことで。食べ物が絡むと、おえんは切り替えが早い。

「おっ母さん、私が!」

二杯目の茸飯を堪能《たんのう》していたせいで、出遅れた。お花が茶碗を置くころには、お妙は小上がりから下り、下駄《げた》を突っかけていた。

「いいのよ。食べてて」

そう言われても、具合の悪いおっ母さんを差し置いて、ただ座っているなんてできない。お花は慌てて、調理場へ向かうお妙を追いかける。

「心配しすぎよ」

お妙は苦笑しながら、漬物樽《だる》の前に身を屈《かが》める。せめて漬物を切る役目は負《お》おうと、お花は洗って立てておいた俎《まないた》を手に取った。

「胡瓜《きゅうり》と茗荷《みょうが》が、いい頃合《ころあ》いだと思う」

ついでに漬物を盛りつける皿の用意もしておく。樽の蓋《ふた》が取り払われたのか、背後で糠《ぬか》のにおいが強く香った。

「うっ！」

呻《うめ》き声に、驚いて振り返る。お妙が背を丸め、口元に手を当てている。

「どうしたの、おっ母さん」

背中を撫でてやろうとしたが、お妙はすり抜けるように立ち上がった。そのまま調理場を出て、勝手口を目指してゆく。

「えっ、お妙ちゃん！」

異変に気づき、おえんが裸足《はだし》のまま土間に下りてきた。お妙の体を支えてやろうとするが、振り払われる。

厠《かわや》に行きたいのだろうか。しかし間に合わず、お妙は己の袂を口元に当て、食べたばかりのものを吐いた。

「うわっ！」

様子を窺おうと近寄ってきたおかやが、飛びすさる。

おえんは構わずその場に片膝《かたひざ》をつき、お妙の背に手を添えている。吐き気が治まらぬらしく、嘔吐《えづ》く音が何度か聞こえた。

「おっ母さん、大丈夫？」

下駄の歯音もけたたましく、お花もその傍《かたわ》らに駆け寄る。嘔吐物《おうとぶつ》の酸っぱいにおいに、危うく胃がせり上がりそうになった。

まさかさっきの茸飯に、毒茸が混じっていたのか。

だとしたらすぐ、医者を呼ばねば。熊吉のことも追いかけて、食べちゃ駄目だと注意しないと。

けれどもおえんとおかやは、お妙よりよっぽど茸飯を食べている。それなのに、なんともなさそうだ。自分だって、ぴんぴんしている。

どうしよう。おっ母さんはやっぱり、なにか悪い病気なんじゃ――。

息が速くなり、目の縁《ふち》にじわりと涙が滲《にじ》む。おえんですら、珍《めずら》しく神妙な面持《おもも》ちをしている。

「ごめんなさい、もう平気。汚れるから、離れて」

そう言われてもおえんはお妙から手を離さず、血の気の失せた顔を覗き込んだ。

「ねぇ、お妙ちゃん。これって本当に、夏負けかい？」

問われてお妙は、首を傾げた。中身がこぼれないように、袂を包んで手に持っている。

「ええ、おそらく。もう秋だから、夏負けというのは正しくないかもしれないけど――」

「ううん、そうじゃなくってさ」

おえんはふいに、目を細める。柔らかな笑みを浮かべると共に、こう尋ねた。

「つまり、月のものは来てるのかい、ってこと」

四

「いやはや、驚いた」

強風のせいで休むかもしれないと思っていたが、給仕のお勝《かつ》はいつもの刻限よりやや遅れてやって来た。

興奮ぎみのおえんから話を聞くなり、床几《しょうぎ》にかけて煙草《たばこ》をつける。ぷかりと吐いた煙を追って、目の玉を天井《てんじょう》に向けた。

「あの子は、二階かい？」

「うん、横になってる」

作り終えたお菜を見世棚に並べ、お花は頷く。

着物を着替え、お妙はひとまず休んでいる。はじめは「平気よ」と渋っていたが、

「お客さんが来るまでの間だけ」と説得して、なんとか床《とこ》についてもらった。

「アタシもまさかと思ったよ。お妙ちゃんほど聡《さと》い人が、おめでたに気づかないなんてねぇ」

おえんは自分の家のように、小上がりで寛《くつろ》いでいる。その膝に頭を乗せて、おかやが寝息を立てていた。

寝息に混じり、時折ピィピィと鼻が鳴るのが愛らしい。さっきのひと騒動で、疲れたのだろう。なにせおかやは風の吹きしきる中、近所に住む産婆を呼びに行ってくれたのだから。

産婆はお産のない日でも、産み月の近い妊婦の家を回って様子を窺う。だが荒天のため折よく家に籠《こ》もっており、すぐに診《み》てもらうことができた。

その見立てによると、お妙の腹に子がいるのは間違いがないようだ。すでにふた月目に入っており、産み月は翌年の四月ごろになるという。

よかった、おっ母さんは病気じゃなかった。

安堵《あんど》と共に、お花の胸に喜びが膨らんだ。ほんわかと、体の中が温かい。まだ見ぬ赤子の世話をするのが、楽しみでならなかった。

「まぁ、歳も歳だしね。子を持つのは無理と、とうに諦めていたんだろうよ」

お勝が煙草盆を引き寄せて、カンと煙管《きせる》を打ちつける。吸い殻《がら》が落ちるのを目で追って、ふふっと口元を緩めた。

「あの子の前じゃ、当分煙草は吸えないねぇ」

お勝は無類の煙草好き。だが腹の子が燻《いぶ》されては困るから、しばらく控えようと言う。好物を我慢することになるのに、やけに嬉しそうだ。お妙の子なら、お勝にとっては孫のようなものだろう。

「さてこんなときに、只さんはどこをほっつき歩いてんだい」

煙管を仕舞い、お勝が呆《あき》れて鼻を鳴らす。荒天と、お妙の懐妊。「こんなとき」には、二つの意味がかかっている。

「一橋様の、下屋敷へ」

「――ああ」

お花が答えると、お勝はますます渋い顔になった。

「ならしょうがない。無事帰るのを祈るしかないね」

そろそろ、店を開ける頃合いだった。

調理場を出て、表の戸をそっと開けてみる。顔を出すとたんに風が吹きつけてきて、お花は思わず目を細めた。

表通りは、人の行き来が多い下谷《したや》御成《おなり》街道。でも今は、人っ子一人歩いていない。よく見かける野良犬《のらいぬ》すらも、どこかに身を潜《ひそ》めているようだ。目の前を、誰かの褌《ふんどし》らしきものがはためいて飛んでいった。

看板を出すのは、無理かもしれない。

周りの商家も戸を閉ざし、置き看板や立て看板は仕舞ったまま。無理に出しても倒れるだけだし、誰かに怪我《けが》をさせる恐れすらある。

諦めて、お花は表戸を閉める。その間際、風が上空で轟《ごう》と鳴った。

看板が出ていないせいか、そもそも外を出歩く人がいないのか。昼飯時を過ぎても、客は一人も来なかった。

これではもはや、休んでいるのと変わらない。ぼんやりと客を待つのは、案外疲れる。そこで目を覚ましたおかやが家から持ってきたおはじきを、女四人で囲んでいた。

おはじきに使われるのは、キサゴという貝の殻だ。木目のような模様のある、小さな巻き貝である。

「風、止まないねぇ」

そう言いながら、おえんが指先でキサゴを弾《はじ》く。かちんと音を立てて、目当ての貝に打ち当たった。

しかし、勢いが足りなかったようだ。二つのキサゴは、ぴったりとくっついている。貝と貝の間に小指で線を引けなければ、当たった貝はもらえず、次の人に交代だ。

「それどころか、ますます強くなってる気がする」

次はお花。目当ての貝を決めて、キサゴを弾く。だが指先が狂って、あらぬ所へ飛んでいった。

「下手《へた》くそ」と、おかやに笑われた。

キサゴを持っていただけあって、おかやはおはじき遊びが得意だ。丸まっちい指で貝を弾き、次々と自分のものにしてゆく。

「あっ！」

三十個ほどあった貝のうち半数近くを手中に収めたところで、失敗した。

「甘いね。おはじきってのは、こうやるんだ」

最後に順番が回ってきたお勝の強さは、格別だった。狙《ねら》いを外さないばかりか、手玉となる貝の行方《ゆくえ》も思うがまま。子供相手でも容赦《ようしゃ》なく、むしり取ってゆく。

「えっ、なんで。ずるい！」

「アタシだって、かつては娘だったんだよ」

これはもう、年季が違う。他の者は、為《な》す術《すべ》もない。

おかやが唇《くちびる》を噛《か》みしめて、下を向く。熟柿《じゅくし》のように、頬が真っ赤になってゆく。

このまま負けると、癇癪《かんしゃく》を起こすかもしれない。危ぶんだところで、表の戸が開く音がした。

よかった、客だ。いいところに来てくれた。

「おいでなさいませ！」

お花は弾かれたように腰を浮かせる。

だが戸口で着物の肩を払っているのは、只次郎だった。

「ふう、危ない危ない。店の手前で、ちょうど雨が降ってきましたよ」

尊い方への礼儀として、只次郎は黒紋付の羽織を着ている。大事な一張羅《いっちょうら》である。本降りになるのを免《まぬが》れたのは、幸いだ。

「あのご隠居様も、薬が入り用なら俵屋さんに頼めばいいのに、なぜ私を通すんでしょうかね。呼ばれるたび寿命が縮みそうだから、やめてほしいもんですよ」

只次郎に、不手際《ふてぎわ》があったわけではない。ただの薬の注文と知り、お花はほっと息をつく。

気が抜けたのは只次郎も同様らしく、帰るなりお喋《しゃべ》りが止まらない。

「龍気養生丹《りゅうきようじょうたん》を飲み続けているせいで、公方様《くぼうさま》は陰で『膃肭臍《おっとせい》将軍』と呼ばれはじめているらしいですよ。間もなく八男様も生まれるそうで。いやはや、めでたいですねぇ」

少しもめでたくはなさそうに、乾いた声でカラカラと笑う。客がいないものだから、その声はやけに響いた。

「昼餉を食べそびれてしまったから、腹ぺこですよ。お花ちゃん、悪いけど飯を炊いてくれないかな。あれ、お妙さんは？」

喋り続けるうちに、心が落ち着いてきたのだろう。おはじきの輪にお妙がいないことに気づき、只次郎が周りを見回した。

「上で寝てるよ」と、お勝が天井を指差す。

こんな真っ昼間から床についているなんて、ただ事ではない。只次郎が、急に真顔になった。

「どうしたんですか。やっぱり、体調が？」

やはり真っ先に、病の心配をしたようだ。

「ううん、違うの。実は――」

早く安心させてあげたいし、喜びを分かち合いたい。そう思って口を開きかけたが、後ろからおえんに手で塞がれた。

「こういうことは、お妙ちゃんの口から直《じか》に聞いたほうがいいよ」

それもそうだ。嬉しくて、つい先走ってしまった。

「いったい、なにがあったんですか」

一方の只次郎は、解《げ》せぬ顔。お勝が小上がりから土間に下り、その背中をめいっぱい叩いた。

「いいから、早く行きな！」

「痛いですよ。まったく、なんなんですか」

ぶつくさ言いつつ只次郎は草履《ぞうり》を脱《ぬ》ぎ、内所へと続く階段を上がってゆく。足音が聞こえなくなってからも、お花はなんとなく二階の様子に耳を澄《す》ます。

聞き取れはしないが、なにごとか言葉を交わす気配があった。誰一人声を発さずに、じっと聞き耳を立て続ける。

「えっ！」

やがて、只次郎の驚く声が聞こえてきた。裏返っており、しかも度外れて大きい。

「やった、やったぁ！」

喜びが勝ちすぎて、うまく言葉にならないらしい。語尾が水っぽくふやけているから、もしかすると涙ぐんでいるのかもしれない。

お勝たちと目を見交わしてから、お花は肩をすくめて笑った。

五

しばらくすると、壁面に打ちつける雨の音がバラバラと響いてきた。

大粒の雨だ。熊吉は、濡《ぬ》れる前に俵屋に帰れただろうか。

「今日はもう、店を開けてるだけ無駄かもねぇ」

お勝が小上がりの縁に掛け、欠伸《あくび》を嚙み殺す。負けず嫌いのおかやがその袖を引き、おはじきをもう一戦挑もうとしている。

こんなふうにだらだらと遊びながら、日が暮れてゆくのだろうか。日持ちのする献立にしておいて、つくづくよかったと思う。

でも喜びが少し落ち着いたら、只次郎が下りてきて飯を所望するはずだ。そのときに備え、お花は調理場に入って米を研ぐ。

茸飯なら、二合半くらい軽く食べるだろう。そのつもりで準備を進める。

やがてみしみしと、階段を踏む音が聞こえてきた。ほくほく顔の、只次郎である。

「いやぁ。まさか、私たちに子ができるとは」

喜びのあまり、目尻が蕩《とろ》けている。只次郎も、実子を持つのはすでに諦めていたのだろう。

「おめでとう、お父つぁん」

声をかけてやると、その顔が紙を揉んだようにくしゃりとなった。お勝たちからも言祝《ことほ》がれ、只次郎は涙を堪えている。

「ありがとう。私は本当に、果報者だよ」

洟《はな》をずずっと啜り上げると、満面に笑みを広げた。晴れ晴れとした、いい表情だ。

よかったと、お花ももらい泣きをしそうになる。なによりお妙の腹の子を、羨《うらや》む気持ちがないことに安堵していた。

お妙も只次郎も、実の子ができたからといって、養《やしな》い子をないがしろにするような人たちじゃない。お花だって、彼らのことが大好きだ。二人の子なら、可愛《かわい》くないわけがない。

翌年の春過ぎには、お姉さん。だったらもっと、しっかりしなきゃ。いつか『ぜんや』の調理場を、一人で回せるくらいには。

そう決意し、気合いを入れ直したときだった。只次郎がにこにこしながら、とんでもないことを口走った。

「そんなわけだから、『ぜんや』は当分休みにしないとね」

「えっ！」

お花だけじゃない。お勝やおえんも、目を丸くしている。

なにを驚いているのかと言わんばかりに、只次郎は一同を見回した。

「だってそうでしょう。ただでさえ子を産むのは命がけなのに、お妙さんはもう三十七です。安静にしておかないと、なにがあるか分からないじゃありませんか」

言われてみれば、三十半《なか》ばを過ぎてからの初産なんてめったに聞かない。たいていは、二十半ばまでに一人目を産んでいる。

「たしかにねぇ。特に初産は、年齢が上がると危ないっていうよね」

おえんがおかやを産んだのは、二十半ばを過ぎてから。当時の苦労を思い出したか、神妙な顔つきになった。

息子が二人いるお勝も、「そうだね」と眉根を寄せる。

「悪阻《つわり》もはじまったばかりだしねぇ。さっきは、糠味噌のにおいで吐いちまったんだろ。人にもよるけど、アタシは米の炊けるにおいすら駄目だったよ」

なんてこと。米の炊ける甘く香ばしいにおいで気分が悪くなるなんて、お花には理解ができない。

でもそういえば、升川屋のお志乃は悪阻がひどい性質《たち》だった。お百《もも》が腹にいたときは、この世の終わりのような真っ青な顔をしていたものだ。

「店を休みにするって、どのくらい？」

不安になって、尋ねてみる。「そうだなぁ」と、只次郎は首を傾げた。

「少なくとも、帯祝いが済むまでかな」

帯祝いとは懐妊して五月目《いつつき》の戌《いぬ》の日に、安産を祈って腹帯を巻く儀式である。

お妙は今ふた月目だから、あと三月《みつき》。そんなにも、店を休まねばならないのか。

「まぁそのくらいなら、悪阻もましになってるだろうね」

お勝もそう言って、頷いている。

だがお花はあることに気づき、ハッと息を呑《の》んだ。

「再来月のお梅ちゃんの祝言で、料理を作る約束をしちゃったんだけど」

「えっ、そうなのかい」

なにしろその依頼を受けたのは、今朝のこと。只次郎は、困ったように頰を掻《か》いた。

「しょうがない。俵屋さんには私から、断りを入れておくよ。事情を話せば、分かってくれるだろう」

俵屋の若旦那は、無理強《じ》いなどしないはず。お妙がおめでたと聞けば、きっと祝ってくれるだろう。

でもお花だって、お梅の晴れの日を祝いたかった。裏方として、精一杯のことをしたかったのに――。

「それには及びませんよ」

鈴の鳴るような声がして、お花は物思いから引き戻された。

いつの間にやら、お妙が階段の上り口に佇《たたず》んでいる。少しは気分がよくなったのか、眼差《まなざ》しに力が戻っていた。

「お妙さん、駄目ですよ。休んでいてください」

「病気でもあるまいに、そうそう休んでいられますか」

「ええ、もちろん病ではないです。だからこそ気をつけないと。お妙さんの体は当分、赤子のものでもあるんですから」

「産婆さんが言うには、寝てばかりもいけないそうです。ちゃんと体を動かさないと。

三月も休むなんて、言語道断です」

只次郎もお妙も、弁が立つ。言い合いが始まってしまうと、お花には割り込む隙《すき》もない。

どうしたものかとおろおろしていると、お勝がうまく間に入った。

「およし。どちらの言い分も分かるけど、三月も店を閉めるのはやっぱりやりすぎだ。妙の具合を見ながら、応変にやればいいんじゃないのかい」

「それだとこの人は、すぐに無理をするんですよ！」

只次郎も必死である。お妙の身になにかあれば、自分だって生きてはいけないと訴える。

なんといっても、武士の身分を捨ててまで一緒になった恋女房。お妙を失うことを、只次郎はなにより恐れているのだ。

「私だってお腹《なか》の子が大事ですから、そう無理はしないつもりですけど――」

愛情をまっすぐにぶつけられ、お妙の反論も勢いが鈍る。

とそこへ、おえんが「あのさ」と手を挙げた。

「しばらくの間、店を開ける刻限を狭めちゃどうだい。たとえば昼だけにするとかさ」

もともと『ぜんや』の常連客は、昼から夕方にかけてが多い。たしかにこの案ならば、さほどの不義理はせずにすむ。

「ふむ」只次郎も、一考の価値ありと踏んだようだ。軽く握った手を、口元に当てる。そんな思考の隙間に割り込むように、おえんが手のひらをお花に向けて差し出した。

「それに、忘れちゃいないかい。アンタたちには、お花ちゃんがいるじゃないか」

一同の視線が、集まってくる。お花は両手をぎゅっと握り合わせ、頷いた。

「おっ母さんに、無理なんかさせない。具合が悪いときは、一人で調理場を切り盛りする。お梅ちゃんの祝言だって、前もって献立を決めちゃえば練習できる。私、やりたい！」

肩に力が入りすぎて、あまりうまく喋れなかった。

けれども思いは伝わったはずだ。お妙が「お花ちゃん――」と目を潤《うる》ませる。

「そうだね。なんてったってお花ちゃんは、『ぜんや』の次の女将《おかみ》だ」

「だろ。もちろんアタシも、手伝うからさ」

「じゃあアタシも、洗い物くらいなら！」

お勝におえん、おかやまでもが、お花の後押しをしてくれる。

力を得てお花は唇をぎゅっと引き結び、只次郎を見上げた。

将来『ぜんや』の女将になりたいなら、お妙に頼ってばかりもいられない。むしろこれは、いい機会だ。きっとひと回りもふた回りも、成長できる。

「分かった、分かりましたよ」

只次郎がついに、観念したように首をすくめた。

「そういうことなら、ひとまず夕七つ（午後四時）までの営業で様子を見てみましょう。お妙さんはくれぐれも、無理はしないように」

よかった、許可が下りた。

お花はホッと胸を撫で下ろす。これでお梅の祝言にも、駆けつけることができる。

「頼もしくなったわね、お花ちゃん」

目が合うと、お妙が微笑みかけてくれた。

本当だろうか。自分も誰かに、頼られる人物になれるだろうか。

「そうだね。なんてったってもう、お姉さんだ」

只次郎におだてられ、お花はふふっと目を細めた。

外は吹き降り。世の中がちっとも優しくないことを、お花はすでに知っている。でも生まれてくる弟か妹のために、この温かな場所だけはきっと守ろう。

そう胸に誓《ちか》ってから、只次郎に問いかけた。

「それはそうと、茸飯食べるでしょう？」

秋日

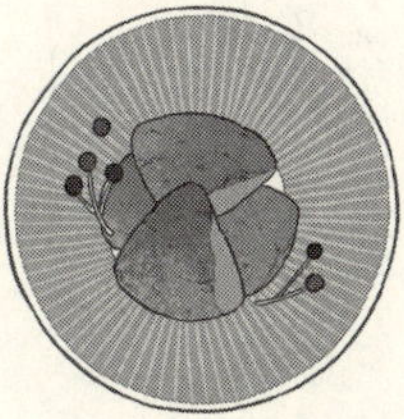

一

西の空が焼けている。

大きなお天道様《てんとさま》が雲を真っ赤に染め上げて、今日一日を終わらせようとしている。巣へと帰る烏《からす》がカアカアと鳴き交《か》わし、飛び去ってゆく。その様を熊吉《くまきち》は、目を細めて眺《なが》めていた。

葉月《はづき》十一日。早いもので、あと三日で彼岸《ひがん》の入りだ。ふとした拍子《ひょうし》に、日が短くなってきたと気づかされる。しだいに色を変えてゆく夕焼けが、しんみりと胸に沁《し》みた。

以前なら、綺麗《きれい》な空だと思っただろう。でも今は、心寂《うらさび》しさに涙が滲《にじ》みそうになる。

なぜだかは知らない。あえて言えば、大人になったからなのだろう。いくつかの別れと裏切りを知り、出世の道にも躓《つまず》いている。

なにくそ、見返してやろうじゃねえかという気力は、まだ湧《わ》いてこない。ただ注文通りに薬を届け、無難に日々をやり過ごしている。

思えば子供のころのほうが、ずっと心が強かった。長じるほど己の至らなさを知り、恥ばかりが増えてゆく。図体だけが大きくなって、中身はてんでスカスカだ。

　これじゃあ本当に、独活《うど》の大木だな。

　いつだったか深川《ふかがわ》の旗本家の下男から、そんなふうに詰《なじ》られた。あのときは腹が立ったが、まさにその通りであった。

　あの狡《こす》っ辛《から》い下男の顔を、拝《おが》む機会はもうないだろう。熊吉には、大川《おおかわ》より向こうの地を踏むことができない。旦那《だんな》様の怒りが解けるころには、奉公人の顔ぶれもすっかり変わっているはずだ。

　まさか、一生このままってことはないと思うが――。

　当分は、その覚悟で働かねば。やる気が起きなくとも、とにかく足を動かすしかない。

　ぼんやりと眺めているうちにも、お天道様は西の端へと近づいている。行方《ゆくえ》知れずのお万《まん》もまた、同じ夕焼けを見ているのだろうかと、ふと思った。

「よぉ、熊吉。黄昏《たそが》れてやがるな」

　頭上から、男の嗄《しゃが》れ声が降ってきた。熊吉が振り返る間に、縁台の隣にすとんと腰を落としてくる。

神田明神《かんだみょうじん》門前の、茶店である。隣に座ったのは、粋《いき》な着流しの二本差し。元吟味方《ぎんみかた》与力《よりき》の、柳井《やない》様である。

「すまねぇな、こんな所へ呼び出しちまって」

身分を笠《かさ》に着ることなく、詫《わ》びを入れてくる。そこへ店の婆《ばあ》さんが、注文を取りに来た。

「俺《おれ》にも茶を。それから、団子を二つ」

指を二本立ててから、柳井様が「食うだろ？」とこちらを見遣《みや》る。

どうやら奢《おご》ってくれるらしい。薄い煎茶《せんちゃ》で間を持たせていた熊吉は、「どうも」と軽く頭を下げた。

婆さんが奥に引っ込んだのを機に、足元に下ろしておいた行商箪笥《だんす》の抽斗《ひきだし》を開ける。

「龍気養生丹《りゅうきようじょうたん》で、いいんですよね」

「ああ」

「おいくつほど？」

「ひとまず、四袋かな」

龍気養生丹は高直《こうじき》な薬だ。ひと袋八粒で、一分の値である。四袋なら、ちょうど一両。品物と引き換えに、柳井様は捻《ひね》った懐紙《かいし》を手渡してきた。

中を検《あらた》めてみると、一分金が四枚。合わせて一両である。

付け届けの多い与力は、本来の家禄《かろく》より台所が潤《うるお》っている。たとえ隠居の身であっても、柳井様は金に困っていないのだろう。

「たしかに。おありがとうございます」

懐紙を包み直し、軽く押し頂いてから、売り上げ用の財布に収めて懐《ふところ》に仕舞った。

すると折良く婆さんが、煎茶と団子を運んできた。

団子はひと串《くし》に四個。遠火でじっくり焼き目をつけたものに、醬油《しょうゆ》だれを塗ってある。

二本で八文。龍気養生丹とはえらい違いだ。

柳井様が団子に齧《かじ》りつくのを見てから、熊吉も串を手に取る。もっちりとした団子は、香ばしい。醬油だれには味醂《みりん》を混ぜているらしく、しつこくない、ほのかな甘みが後を引く。

あっという間に、ひと串を食べ終えた。えらいもので、秋が深まりゆくごとに、食い気だけは戻ってきた。

「若ぇな。食うか？」

団子を二個だけ食べて、柳井様が残りを皿ごとこちらに押し遣った。いらぬと言うなら、断る道理はない。

「歳《とし》は取りたくねぇもんだ。夏の疲れが、まだ抜けねぇ」

白髪《しらが》の目立つ鬢《びん》を撫《な》で、柳井様が首をすくめる。寄越《よこ》された団子も平らげて、熊吉は腹を撫でた。

「なるほど。だから龍気養生丹がご入り用で？」

「馬鹿野郎。これは俺が飲むんじゃねぇよ」

それは意外。歳を取っても柳井様は、苦み走ったいい男だ。女には、決して不自由していないはず。ただし体の機能は、そのかぎりではないだろう。

昔日の勢いを取り戻さんと、こっそり熊吉を呼びつけたのだと思っていたが。

「息子夫婦に、子ができなくてな」

不貞腐《ふてくさ》れたような横顔を見せ、柳井様は音を立てて煎茶を啜《すす》った。

柳井様の子は林《はやし》家に嫁《とつ》いだお葉《よう》と、家督《かとく》を譲った息子のみ。つまりその跡取りに、子が生まれないという。

「いざとなりゃ養子を取りゃいいし、そう言ってもいるんだが、嫁が気にしていてな。お舅《しゆうと》様にも申し訳ないと、涙ながらに謝られちまった」

「夫婦になって、どのくらいです？」

「ちょうど三年だな」

「なるほど」

女子《おなご》の教訓書として広く読まれている女大学《おんなだいがく》に、『子なき女は去るべし』とある。三年というのは、ひとつの区切り。柳井家の嫁は、離縁されても仕方がないと思い詰めているらしい。

「気立てがよくて、まめまめしく働く、いい嫁なんだ。息子からも、離縁する気はないと言い聞かせてるそうなんだが」

「嫁御様は、おいくつで？」

「二十二かな」

「ならまだ若い。諦《あきら》めるこたぁありませんよ」

そう言ってやると、柳井様は口元をふっと緩めた。

「そうだな。お妙《たえ》さんも、子を授かったことだしな」

「ええ。なんてったってあっちは、夫婦になってもう七年だ。驚いたの驚かないのって」

しかもお妙は三十七。それに比べれば、柳井家の嫁にはよっぽど望みがある。

「兄ちゃんなんかのぼせ上がっちまって、しばらくは仕事を休んでつきっきりで面倒を見ると言いだす始末だ。『馬鹿言ってんじゃない。赤ん坊の襁褓《むつき》代を稼《かせ》いできな』って、お勝《かつ》さんに叩《たた》き出されてましたけどね」

お妙を心配する気持ちは分かる。だがさすがにそれはやりすぎだ。只次郎《ただじろう》の情けない顔を思い出し、熊吉はふふふと笑う。

ぜひとも無事に、生まれてきてもらわねば。お妙の子を抱くのが、今から楽しみでならない。

「やっぱり、子ができるってのはいいな。周りの奴《やつ》らまで、ほんわか幸せな気持ちになるもんな」

柳井様が、「よし！」と勢いをつけて立ち上がる。薬袋を懐へ仕舞いながら、見下ろしてきた。

「ありがとな。うちの嫁には、滋養がつくよう卵でも買って帰ってやるわ」

「薬が入り用になれば、またいつでもお声がけください」

「ああ。『ぜんや』の連中には、内緒な」

武家にとっては、大事なお家《いえ》のこと。そう易々《やすやす》と、人に話せるものではない。八丁堀《はっちょうぼり》の拝領屋敷に熊吉を呼びつけなかったのも、周りに知られまいとする配慮からだろう。噂《うわさ》になれば、嫁御がますます肩身の狭い思いをする。

「もちろんです。お帰り、お気をつけて」

熊吉も立ち上がり、深々とお辞儀をする。長く伸びた影もまた、一緒になって柳井様を見送った。


「明日、『ぜんや』に伺《うかが》おうと思っているんだが」

俵屋《たわらや》の若旦那《わかだんな》がそう言いだしたのは、その日の夜。夕餉《ゆうげ》を終えて、奥の間で龍気補《ほ》養丹《ようたん》を作っている最中であった。

材料となる生薬《きぐすり》を薬研《やげん》で擂《す》り潰《つぶ》しながら、若旦那は気遣わしげな眼差《まなざ》しを向けてくる。

「本当に、お願いしても平気なんだろうか」

お梅《うめ》との祝言をいよいよ来月二十七日に控え、近ごろその準備に忙しい。『ぜんや』へ赴くのも、宴《うたげ》に出す献立《こんだて》の相談であろう。

「お花《はな》ちゃん一人では、荷が重いんじゃないかな――」

祝言の料理を作ってもらえないかと持ちかけたときは、お妙が身重だとは分からなかった。いったん「やる」と引き受けてしまった手前、断れなくなっているのではないかと、若旦那は案じているのだ。

薬研車を握る手を止めて、熊吉は顔を上げた。

「当人は、やる気に満ちているみたいですが。不安があるなら、私から断っておきましょうか」

「いいや、お花ちゃんが困っているわけじゃないなら、それでいいんだ。お梅さんも、喜ぶだろうし」

そう言って、若旦那は照れ臭そうに口元をすぼめる。

お梅と出会ってから、すでに二年近くが経《た》っている。奥手な上に、元奉公人の長吉をめぐるごたごたがあり、一時は叶《かな》わぬ恋と諦めかけた。それだけに、喜びが隠しきれぬ様子である。

近ごろはなんだか、顔の血色までいい。傍《そば》にいると熊吉も、勝手に頰《ほお》が緩んでしまう。

「『ぜんや』は今、夕七つ（午後四時）までです。店が閉まるころに行けば、じっくり相談できますよ」

「じゃあ、そうさせてもらおうか」

「なら私はその前に行って、若旦那様の訪《おとな》いを伝えておきます」

「ああ、頼んだよ」

ちょうど明日は、龍気補養丹の補充のために『ぜんや』に立ち寄るつもりだった。「はい」と頷《うなず》き、熊吉は再び薬研車を動かしはじめる。だがその手は、すぐに止まった。

「お妙さんの具合は、どうですか」

薬を練り上げながらやり取りを聞いていた旦那様が、ふいに口を開いたからである。岡場所《おかばしょ》に出入りしていたかどで罰《ばつ》を受けて以来、旦那様からは以前のように、親しく声をかけてもらえなくなった。当然だ。子供のころから目をかけられていたのに、失望させてしまったのだから。

そのぶんたまに話しかけられると、やけに気が張る。答える声が、情けなくも裏返った。

「よくはないです。調理場に立てない日も多いようで――」

「小半夏加茯苓湯《しょうはんげかぶくりょうとう》は、効《き》かなかったか」

「ええ、残念ながら」

「なら明日は、人参湯《にんじんとう》を持って行きなさい」

「かしこまりました」

小半夏加茯苓湯も人参湯も、悪阻《つわり》を抑える効果のある薬である。前者は体力が中程度、後者は体力が衰《おとろ》えた者に処方する。吐き悪阻でろくに飯を食えていないお妙には、人参湯のほうが合うかもしれない。

薬についての指示を終えると、話は終わりとばかりに、旦那様は口を閉ざしてしまった。

しばらくは、生薬を擂り潰す音だけがゴリゴリと響く。次の工程に入るころ、若旦那が思い出したように問うてきた。

「お妙さんがその調子で、人手は足《た》りているのかい?」

「まぁお勝さんがいますし、裏店《うらだな》のおえんさんも手伝っているみたいですが——」

気まずい沈黙が破られたことに、熊吉はほっとする。『ぜんや』の現状を、頭に思い浮かべつつ答えた。

「二人とも、料理が得意じゃないようで。調理場は今のところ、お花が一人で回してます」

「なるほど、それは大変だ」

「あいつにとっては、踏ん張りどころですね。これがずっと続くわけじゃありませんから」

お妙の悪阻も、いつかは治まる。今はてんてこ舞いの様子だが、この一時を乗り切れば、お花はひと回りもふた回りも大きくなるだろう。

『ぜんや』の女将《おかみ》になりたいなら、必死にやるしかねぇもんな。

近ごろめっきり娘らしくなってきたお花の顔まで思い浮かび、熊吉は慌てて首を振る。頭を撫でられたときの甘いにおいまで、鼻先によみがえりそうだった。

「ん、どうかした？」

「いいえ、なんでもありません」

湧き上がる雑念ごと砕《くだ》くように、熊吉は薬研車を握る手に力を込める。

ゴリゴリ、ゴリゴリ。お喋《しゃべ》りは、これで仕舞いだ。

生薬を潰し終えると、中庭のコオロギの声が大きくなった。

二

「じゃあまた、二日後に参ります」

店主に愛想笑いをして、池之端《いけのはた》の水茶屋を後にする。

龍気補養丹の売弘処《うりひろめどころ》の中でも、ここは一番数を売っている。重たくなった財布が懐の中にあるのをたしかめてから、熊吉は背中に負《お》うた行商簞笥を揺すり上げた。

翌十二日、時は昼八つ半（午後三時）というところ。

大川より向こうの得意先をすべて失ったため、今日の外回りはほぼ終わりだ。あとは一軒、『ぜんや』の薬の補充を残すのみである。

お天道様は、まだこんなに高いのに。

明るい空を見上げると、遣る瀬《やせ》ない気持ちになってくる。だから熊吉は、足元を見ながらとぼとぼと歩を進めた。

この程度の働きじゃ、出世ができないどころか、いずれは旦那様から暇《いとま》を出されるかもしれない。どうにかして、自力で得意先を増やさねば。

そう思うのに、いい方策が浮かばない。己の中の、歯車がうまく嚙《か》み合っていない感じ。気ばかり急《せ》いて、空回《からまわ》りをしている。

上方《かみがた》を旅したころは、楽しかったな。

龍気補養丹を広めようと、若旦那と共に上方へ向かったことを思い出す。あのころは前途洋々として、いくらでも活力が湧いてきた。仕事が楽しくって、いくらでも働けるつもりでいたのに。

まさかこんな、腑《ふ》抜《ぬ》けに成り下がっちまうとはな。

当時に比べれば、今はろくな仕事をしていない。それなのに体はやけに重く、思うように動かなかった。

亀《かめ》のごとき歩みであっても、池之端から下谷《したや》御成《おなり》街道沿いの『ぜんや』は近い。ふと気づけば、前方に置き看板が見えている。

『ぜんや』の面々は、勘が鋭い。近ごろはお花でさえも、熊吉が落ち込んでいるとすぐに察する。

情けない顔をしていたら、心の内を見抜かれるだろう。熊吉はいったん立ち止まり、表情を引き締めた。

ちょうどそのとき、店から二人連れの男が出てきた。

股引《ももひき》を穿《は》いた、職人風の男たちである。楊枝《ようじ》で歯をせせりながら、熊吉のほうへと歩いてくる。

「なんかあれだな。この店、味が落ちちまったな」

「ああ。それに、別嬪《べっぴん》の女将もいやしねぇ。あのちんちくりんじゃ、力不足だろうよ」

「だよなぁ。ここの飯が、たまの楽しみだったのによ」

「もういいや、次からは余所《よそ》へ行こうぜ。湯島《ゆしま》のあたりに、いい居酒屋があるらしい」

すれ違いざまに、そんな会話が聞こえてきた。ちんちくりんというのは間違いなく、お花のことであろう。

熊吉は、去ってゆく男たちを振り返る。「ちょっと待てよ」と、危うく呼び止めそうになった。

しょうがねぇだろう。女将の具合が悪い中、あのちんちくりんは必死に踏ん張ってんだ。はじめっから、うまくやれる奴はいねぇ。もう少し、長い目で見てやってくんな。

と、心の中だけで弁解する。

『ぜんや』を支えている旦那衆ならともかく、ただ旨《うま》い飯を目当てに通っている客に、そんなことは関係がない。旨い飯が食えなければ、客の心は離れてゆく。

「くそっ！」と、小さく舌打ちをした。

このぶんだとお妙が調子を取り戻すころには、『ぜんや』の客は減っていそうだ。だがその時まで大事を取って店を閉めても、やっぱり客は減るだろう。

どうしたものか。お花は一人で、調理場を遣り繰りできると思っているのに。

空回りしているのは、熊吉だけではないようだった。

「あれ、熊ちゃん」

清らかな声に呼びかけられて、前に向き直る。『ぜんや』の店先に、お花がぽつんと立っている。

さっきの客を見送ろうとして、出てきたのだ。まさかあの声高な会話を、聞いてしまったのだろうか。

目が合うと、お花は眉《まゆ》を八の字にして微笑《ほほえ》んだ。それが答えだった。

「気にすんな」

近づいて、頭を撫でてやろうと手を伸ばす。だが途中で、思い留《とど》まった。妹のように、可愛《かわい》がってきた娘だ。以前なら躊躇《ちゅうちょ》なく、その頬をつねることだってできたのに。

肉づきの悪かったお花の頬は、いつの間にやらふっくらとして、芙蓉《ふよう》のように色づいている。こんな美しいものに、おいそれと触れるわけにはいかなかった。

差し伸べかけた手を、引っ込める。そんな熊吉を、お花の双眸《そうぼう》が不思議そうに見上げてくる。

「あと半刻《はんとき》（一時間）ほどで、うちの若旦那様が来ると思う。祝言の献立について、相談したいってさ」

つぶらな瞳《ひとみ》から、目を逸《そ》らす。苦しいかと思ったが、無理に話題をねじ曲げた。

「そっか、分かった」

意気込むように、お花が唇《くちびる》を引き結ぶ。握り込まれた拳《こぶし》は小さく、緊張のためか小《こ》刻《きざ》みに震えていた。


小上がりの他には床几《しょうぎ》が一つあるだけのささやかな店だから、戸口に立つと中の様子はすぐ分かる。

「いらっしゃい」と迎えてくれるお妙の笑顔は、そこになかった。

代わりに給仕のお勝が、床几に掛けて煙管《きせる》を使っている。さっきの二人組が帰ってすぐに、一服しはじめたらしい。

それもそのはず。店内に見知らぬ顔はなく、客といえば菱屋《ひしや》のご隠居が小上がりで寛《くつろ》いでいるのみだった。

「おや熊吉、奇遇だね。私もつい今しがた、来たばかりですよ」

その言葉どおり、膝先《ひざさき》には盃《さかずき》すらも置かれていない。燗《かん》をつけている最中で、銅壺《どうこ》の湯の中にはちろりが沈められていた。

「お妙さんは？」

「枕《まくら》から頭を上げられないって、朝から上で休んでるよ」

熊吉の問いに答えたのは、お勝である。左の人差し指を立てて、天井を指し示した。

「そっか。うちの旦那様から、人参湯を託《ことづ》かってきたんだ。これで少しは、ましになるといいんだけども」

「そりゃあ、ありがたいね。あの子も喜ぶだろうよ」

床几の傍《かたわ》らに行商簞笥を下ろし、人参湯の袋を手渡す。煎《せん》じ方と飲み方は、前に渡した小半夏加茯苓湯と同じである。

「それでお前さん、昼飯は食べたのかい？」

「いいや、まだだ」

「だとよ、お花ちゃん」

お勝に名を呼ばれ、お花は「はい」と頷いて見世棚《みせだな》を回り込む。さして広くもない調理場で、ばたばたと動いている。

見ていてなんだか、忙《せわ》しない。お妙なら一人でも、優雅に支度《したく》をしていたものだ。これもまた、慣れだろうか。

「ご隠居さん、待たせちゃってごめんなさい」

見世棚に、料理を盛った小鉢が二つ並べられた。白瓜《しろうり》の膾《なます》と、南瓜《かぼちゃ》の煮物だ。

「そろそろかね」

煙草《たばこ》の吸い殻《がら》を灰吹きに落とし、お勝が立ち上がる。銅壺から引き上げたちろりと共に、小鉢を小上がりに運んでいった。

「おお。南瓜がつやつやで、旨そうですね」

お勝の酌《しゃく》を受け、ご隠居が頬に喜色を浮かべる。その背後に堆《うずたか》く積まれているものを見て、熊吉は尋《たず》ねずにいられなかった。

「ご隠居、後ろのものはいったい――」

「見れば分かるでしょう。白木綿《しろもめん》ですよ。うちは太物《ふともの》問屋ですからね」

もちろん分かる。お妙の懐妊祝いとして、お店《たな》の者に運ばせたのだろう。

白木綿は赤ん坊の産着にも、襁褓にもなる。いくらあっても困るものではないのだが――。

「祝いの品は、お妙さんの具合が落ち着いてからという話じゃ？」

お妙懐妊の知らせが届いたとき、つき合いの深い旦那衆は、それはもう躍《おど》り上がって喜んだ。升川屋《ますかわや》などはすぐさま特大の鯛《たい》を取り寄せて、大八車いっぱいの酒樽《さかだる》と共に贈ろうとしたくらいだ。

それをお志乃《しの》が、「落ち着きなはれ」と引き留めた。

悪阻で苦しんでいるときにそんなものを贈られたって、見るのも嫌だろう。とにかく今は、大事な時期だ。周りがあんまり騒ぎ立てると、お妙の負担になってしまう。せめて五月目《いつつき》の帯祝いまで、静かに見守ろうではないか。そう説いて、他の旦那衆にも告《つ》げ知らせるよう頼んだという。

子のいる女は、さすが地に足がついている。お志乃自身も、悪阻がひどかったくちだ。

同じ苦しみを味わっただけに、その言葉には重みがあった。旦那衆も、ならば足並みを揃《そろ》えようと約束したはずなのに。

ご隠居のこの行いは、立派な抜け駆けである。

「いいでしょう、べつに。皆さんと違って、私は一応身内なんですから」

しかしご隠居は悪びれもせず、むしろ胸を張ってみせた。

たしかに只次郎は、ご隠居の養子ということになっている。つまり生まれてくる子は、孫である。

それだけでは飽《あ》き足《た》らず、ご隠居はこちらを指差してきた。

「だいたい俵屋さんだって、そうやって薬を差し入れてるじゃありませんか」

抜け駆けをしているのは、自分だけではないと言いたいらしい。熊吉は、呆《あき》れて首をすくめた。

「いやこれは、今のお妙さんに入り用なものでしょう」

「木綿だって、すぐにでも使えますよ。寝間着にだってなりますからね」

けっきょくのところご隠居は、喜びのあまり先走ってしまったのだ。躍起《やっき》になって、言い訳をしている。

「はいはい、うるさいよ」

ついにお勝が、手を叩きながら間に入った。

「妙のために、なにかしてやりたくてしょうがないんだね。ならもう少し、声を落としな。それが一番、二階で寝てるあの子のためだ」

さもありなん。気づかぬうちに、声が大きくなっていた。

お勝に叱《しか》られて、熊吉とご隠居は揃ってしょんぼりと肩を落とした。

三

龍気補養丹の補充を終えたところで、飯の支度も整ったようだ。

「熊ちゃんも、お待たせ」

料理を載せた折敷《おしき》を手に、お花が調理場から出てくる。それを見たご隠居が、「こちらに」と手招きをした。

大店《おおだな》の隠居でありながら、余所のお店の奉公人と同席したがるのだから、まったく面妖《めんよう》なお人である。遠慮《えんりょ》したところで押し切られるのは分かっているから、熊吉は「失礼します」と小上がりに移った。

「本日のお魚は、鱸《すずき》です」

お花が料理の説明をしてくれる。ご隠居も食べていた白瓜の膾と、南瓜の煮物。それから炭火でじっくり炙《あぶ》った焼き豆腐。鱸はつけ焼きと、潮汁《うしおじる》である。

ご隠居の元にも、お勝がつけ焼きと潮汁を運んでくる。小振りの土鍋《どなべ》から、お花が飯をよそってくれた。

「今日のお菜《さい》は献立からすべて、お花ちゃんが考えて作ったんだよ」

お妙の手は、まったく入っていないということか。

見た目はいかにも旨そうだ。しかし、先刻の客の評が気になる。ある程度の覚悟を決めて、熊吉は箸《はし》を取った。

――なんだ、ちゃんと旨いじゃねぇか。

まず口に入れたのは、白瓜だ。水気はしっかり絞ってあるが、爽《さわ》やかな歯触りが残っており、酢の加減もいい。次いで箸をつけた南瓜も、お妙が作るものと遜色《そんしょく》なかった。

　豆腐に至っては一丁丸ごとに串を打ち、遠火でこんがり焼いてある。そのため、香ばしさが際立《きわだ》っている。素朴《そぼく》な料理だが、生姜《しょうが》醤油で食べると絶品だ。これは飯のお供にも、酒の肴《さかな》にもちょうどいい。

　お花もずいぶん、料理の腕を上げたもの。いったいどこに文句のつけようがあるんだと訝《いぶか》りつつ、鱸のつけ焼きを口に運ぶ。

「ん？」と、熊吉はいったん箸を止めた。

　少しばかり、塩っ辛い。面食らいつつ潮汁を啜ってみれば、こちらは塩気が薄かった。

「どうかな？」

　お花が小上がりの脇《わき》に立ったまま、味の感想を求めてくる。例の二人組の、酷評が気になっているのだろう。

　なんと答えたものか。たしかにこれは、前より味が落ちたと言われてもしょうがない。

　でもしょっぱいつけ焼きはそのぶん飯や酒が進むし、薄めの潮汁とは釣り合いが取れている。決して、食べられないようなものではなかった。

そもそも、お妙の料理が旨すぎるのだ。これはこれで、悪くない。

「うん、旨いよ」

下手《へた》なことを言って、お花を落ち込ませたくはない。だから熊吉は、料理の点を甘めにつけた。

「熊吉、それはいけませんよ」

だがご隠居は、見え透《す》いた追従口《ついしょうぐち》を許さなかった。

「料理人を育てるのも、客の務《つと》め。お花ちゃんは真剣にやってるんですよ」

そう言われて、ハッと息を呑《の》む。

お花は決して、生半《なまなか》な気持ちで調理場に立っているわけではない。いずれは『ぜんや』の女将となるべく、研鑽《けんさん》を積んでいるのだ。

傷つけては可哀想《かわいそう》だからと、余計な気を回すのは間違っている。己の心得違いを知り、熊吉は頬が熱くなるのを感じた。

「つけ焼きはやや塩辛く、潮汁は薄い。つまり、当て塩の加減が上手《うま》くないんだと思いますよ」

ご隠居は、手心を加えない。お花はそれを、前のめりになって聞いている。

「つけ焼きは後から醬油をつけて焼くんですから、塩は控《ひか》えめに。潮汁は当て塩がにじみ出て味が決まりますから、しっかりと振っておきましょう」

当て塩は、魚の臭みを取るために前もって振っておく塩のこと。熊吉には塩気の濃い薄いは分かっても、下処理に問題があるとまでは思い至らなかった。

「そっか、当て塩」

指摘を胸に刻むように、お花が頷く。

傷ついた様子はない。料理をよりよくしようと、しっかり前を向いている。

なんだ、ずいぶん立派じゃねぇか。

お花も自分と同じく、空回りをしていると思っていたのに。そんなことはなかった。

ゆっくりと、だが着実に、お花は歩を進めている。

こいつは、焦ってなんかない。無様なのは、オイラばかりだ。

こちらはいつまでも、頼れる兄貴分のつもりでいたのに。思い上がりが、恥ずかしかった。

「他の料理は、よくできていますよ。むしろ、当て塩をしくじったのが不思議なくらいです」

「難しいの。塩には、においがないから」

「におい？」

なんのことかと、気を引かれた。お勝もご隠居と一緒になって、首を傾《かし》げている。お花はとにかく、鼻がいい。ほのかな移り香に気づかれて、臍《へそ》を曲げられたこともある。賊《ぞく》の塒《ねぐら》を突き止めたときも、お花の鼻を信じればよかったと悔やんだほどだが――。


「まさかお前、お妙さんの味つけをにおいで覚えてんのか？」

そんなことができるとしたら、まさに離れ技だ。しかしお花は、あっさりと頷いた。

「うん、そうだけど」

驚きのあまり、ぽかんと口が開いてしまう。ご隠居も、目をまん丸に見開いている。

味つけの微妙な配分を、においで覚える。常人には考えもつかないが、お花には造作もないようだ。この鼻のよさは、案外料理人向きだったのかもしれない。

「いやはや、そりゃあ凄《すご》い」

ご隠居が、感心したように顎《あご》を撫でる。思いがけぬ逸材《いつざい》に、気が昂《たか》ぶっているのが伝わってくる。

「でも塩の加減が分からないのは困りますね。鼻ばかりに頼らず、舌を育てなさい」

「どうすればいいの？」

「本当は、もう育っているはずです。お妙さんの料理を、毎日食べてきたでしょう。

その味を、よぉく思い出してごらんなさい」

お花はまだ、においの記憶に頼りすぎている。これで舌まで鋭くなれば、ひょっとするとお妙を超える料理人になるかもしれない。

「分かった、気をつけてみる」

少しばかり、自信がついたのだろう。お花は眼差しを強くして頷いた。


若旦那がやって来たのは、飯を食べ終えてしばらくしてからのことだった。供も連れず、一人ひょっこりと戸口に立った。

「若旦那様！」

熊吉は慌てて出迎える。先導して、ご隠居が寛ぐ小上がりへと誘った。

そろそろ店を閉める刻限でもある。若旦那を迎えると同時に、お勝が表の置き看板を仕舞い、戸を閉めた。

「あの、おいでなさいませ」

お花が緊張ぎみに、頭を下げる。その強張《こわば》りごと包み込むように、若旦那がふわりと笑ってみせた。

「お妙さんが大変なときに、すまないね。でもよろしく頼みますよ」

「は、はい。こちらこそ！」

大事な祝言の、料理の一部を任されるのだ。気負うなというほうが無理である。

「なにか、召し上がりますか？」

助け船を出すように、お勝が横から尋ねてきた。

「では酒を一合と、軽くつまめるものを」

「はい！」

力一杯返事をして、お花が調理場に駆けてゆく。お勝は酒の用意をするらしく、造りつけの棚から俵屋の札がかかった置き徳利《どっくり》を取り出した。

用のあるときすぐ動けるよう、熊吉も土間に控えておく。「先に盃だけください」とご隠居に頼まれて、素早く応じた。

「まま、ひとまず一献《いっこん》」

ちろりに残っていた酒を、ご隠居が手ずから注《つ》ぐ。軽く頭を下げて、若旦那がそれを受けた。

「この度は、おめでとうございます」

「これはこれは。なにかと、お騒がせをいたしまして」

若旦那とお梅のなりゆきは、誰《だれ》もがやきもきしながら見守っていた。それを踏まえつつ、若旦那は大らかに構えている。

――おや、これは。

と、熊吉はわずかに目を見開く。

若旦那といえば穏やかで、「日向水《ひなたみず》のようだ」と奉公人にまで陰口《かげぐち》を叩かれていた。育ちのよさが顔に出ており、海千山千の旦那衆と並ぶと、どうしても見劣《みおと》りがしたものだ。

それがどうだろう。身を固める覚悟がついたせいか、穏やかさはそのままに、腰が据《す》わったようである。菱屋のご隠居と並んでも、渡り合えそうな貫禄《かんろく》が備わっていた。祝言が済めば、旦那様はきっと若旦那に家督を譲るはず。その重責に堪《た》えうるだけの器が、いつの間にやら仕上がっていた。

短いうちに、人はこんなにも変わるものか。土産《みやげ》の紅《べに》をお梅に渡すことすら手間取っていたくせに。そのころが、妙に懐《なつ》かしく思えた。

「お待たせしました」

お花が折敷に小鉢を載せて戻ってくる。白瓜と南瓜である。

「お腹《なか》が空《す》いてるなら、他にもご用意します」

「いいや、充分だよ。それより、お花ちゃんも座っておくれ」

いよいよ、祝言の献立の相談だ。お花はこくりと頷くと、下駄《げた》を脱《ぬ》いでちんまりと座った。

「お妙さんは、二階かな？」

「はい。呼んできましょうか」

「休んでいるなら、構わないよ。ひとまず、これを見てもらおうか」

そう言いながら若旦那が懐に手を入れて、畳《たた》んだ紙を取り出した。床に広げて、皺《しわ》を伸ばす。

覗《のぞ》き込んでみると、お膳《ぜん》を表すらしい四角い枠が三つ。その中に、丸がいくつか描《か》き込まれている。

「当日の料理は、二汁五菜の本膳料理なんだ」

庶民にとっては、耳慣れぬ言葉である。

案の定、お花は「ほんぜん？」と首を傾げた。

四

本膳料理とは、饗応《きょうおう》の際に用いられる正式な料理である。

庶民の祝言でお目にかかれるものではないが、そこは江戸屈指《くつし》の大店だ。式三献《しきさんこん》にはじまり、本膳、二の膳、三の膳と、料理が饗《きよう》される。

宴の規模によっては与《よ》の膳、五の膳を添える三汁七菜になることもあるが、俵屋では旦那様の祝言の際も、二汁五菜だったらしい。

若旦那が持参した図によると、『本膳』と書かれた四角い枠の中には、丸が五つ。それぞれに『坪《つぼ》』『膾』『香の物』『飯』『汁』と書き込まれている。

「本膳に載るのは、この五種だ。『坪』というのは、煮物のことだね」

図を指し示しながら、若旦那がゆったりとした口調で説明を加えてゆく。

「二の膳は、『猪口《ちよこ》』と『平《ひら》』と『汁』。『猪口』は和《あ》え物か酢の物で、『平』は煮物だよ」

「おや、たしか『坪』も煮物じゃなかったかい」

燗のついたちろりを運んできたお勝が、興味深げに首を伸ばしてくる。

若旦那は、「ええ」と頷いた。

「二の膳に『平』がつく場合、区別のため本膳の煮物は『坪』と呼ぶそうです」

「へぇ、なんだかややこしいね」

本当に、格式張った料理はよく分からない。旨いものをたくさん並べるだけではいけないようだ。

「三の膳は、『焼き物』。香の物はひと品と数えないから、以上で二汁五菜。ここまでは分かったかな？」

若旦那に問われたお花は、図に描かれた丸を指差し数え、「うん」と頷く。

眼差しが真剣だ。懸命《けんめい》に、頭に叩き込んでいる。

「そのうち、二の膳をお花ちゃんにお願いしたいと思ってね。どうだろうか」

「ええっと、『猪口』と『平』と『汁』だよね」

「そう。ちなみに本膳の汁は味噌汁《みそしる》で、二の膳の汁は吸い物と相場が決まっている」

「吸い物？」

前のめりになって図を見ていたお花が、顔を上げる。嬉《うれ》しそうに、ふわりと微笑んだ。

「よかった。梅若汁《うめわかじる》を作りたいと思ってたから」

そういえば、そんなことを言っていた。若旦那とお梅の祝言にかけて、梅若汁。めでたい取り合わせである。

「ならあとは煮物と、酢の物か和え物を考えればいいわけですね」

ご隠居が身を乗り出して、『平』と『猪口』の丸を指差す。あとふた品でいいのなら、さほどの負担ではなかろう。

「分かった。おっ母《か》さんにも相談して、考えてみる」

なにごとにも明るいお妙なら、本膳料理にも詳しそうだ。

「塩で味が決まる料理は、避《さ》けたほうがいいかもな」

あとひと月ほどで、お花が己の欠点を覆《くつがえ》せるとは思えない。熊吉の差し出口に、お花自身も「そうだね」と頷いた。

どんな料理がいいだろうと、熊吉も頭を捻ってみる。花嫁の気持ちをほぐすのが肝《かん》要《よう》だから、お梅の好物か。実家の家業にちなみ、海苔《のり》を使った料理はどうだろう。

そんなことを考えていると、二階へと続く階段が軽く軋《きし》んだ。

なんとなくそちらを振り返る。内所との境の暖簾《のれん》を分けて、お妙が白い顔を覗かせた。

「おっ母さん！」

お花がすかさず立ち上がり、お妙の背中に手を添える。

さっきまで寝ていたせいだろう。鬢の毛がほつれ、幾筋か頬に落ちている。まともに食べられていないせいで、顔周りどころか、首元まで痩《や》せたようだ。

肌は紙のように白く、唇にも赤みがない。それでも生来の美貌《びぼう》が失われるどころか、凄みが増している。

もはやこれは、人とは思えぬ美しさ。熊吉だけでなく、ご隠居や若旦那までが、気を呑まれてしばし声を失った。


「すみません。うたた寝をしていたせいで、ご挨拶《あいさつ》が遅れてしまって」

小上がりに腰を落ち着けて、お妙が詫《わ》びる。力なくくたりと座る様は儚《はかな》げで、つい手を差し伸べたくなってしまう。

「いえいえ。むしろ、無理はなさらないほうが」

若旦那が恐縮し、その体を気遣った。

「とんでもない」と、お妙は首を振る。

「大事な祝言のお料理を引き受けた矢先に、こんなことになってしまって。その代わり、娘をしっかり仕込みますので」

お許しくださいと、頭を下げる。ご隠居が、空《くう》を抱くように手を伸ばした。

「まぁまぁ。どちらもめでたいことなんですから、謝らずとも。今ちょうど、その話をしていたところですよ」

「うん。私は、二の膳を任せてもらえるって」

お妙に寄り添うお花が、ことのあらましを伝える。お妙はちらりと、若旦那が持参した図に目を遣った。

「猪口と平と吸い物ね。誰に出しても恥ずかしくないよう、しっかり練習しましょう」

「うん！」

店は当分夕七つで閉めるため、試作を繰り返す余裕はある。お花は両の手をぐっと握って、意気込みを表した。

少し動いて喋っただけでも、お妙はしんどそうだ。ふうと、小さく息をついた。

「せっかく起きてきたんだ。なにか少し、口にしちゃどうだい」

「白瓜の膾はどう？　お酢だから、口がさっぱりするよ」

お勝とお花に勧《すす》められても、「そうねぇ」と気乗りしないように微笑んでいる。

「ご飯はお腹に重たいかもしれないから、南瓜を煮たよ。豆腐は、奴《やっこ》にしようか。お魚も食べやすいよう、潮汁にしてみたの。ちょっと、味が薄いみたいだけど」

こうやって並べ立ててみると、今日の献立が、お妙のためを思って考えられていることが分かる。失敗した潮汁も、醤油や味噌より塩味のほうが食べやすかろうと、気を回した結果なのだろう。

お花の心づくしに、お妙の微笑みが深くなる。それでもまだ、食い気は湧かぬようである。

「あと、利休卵《りきゅうたまご》もあるよ！」

「利休卵？」

耳聡《みみざと》く聞き返したのは、ご隠居である。

そんなものは、熊吉だって食べていない。しかも、聞いたことのない料理である。

「なんだよ、それは」

と、尋ねずにいられなかった。

「試しに作ってみたの。おっ母さんに習った料理じゃないから、美味《おい》しいかどうか分からないけど」

なんでも貸本屋の大家から借りてきた料理書に載っていたという。悪阻がひどくても食べられるものはないかと、お花なりに工夫《くふう》しているのだ。

「それはぜひとも、食べてみたいですね」

ご隠居は、もはや舌舐《したな》めずりせんばかり。相変わらずの健啖家《けんたんか》である。

「皆さんに、お出ししてみたら？」

お妙の勧めに、お花は曖昧《あいまい》に頷く。他の誰よりも、お妙に食べてもらいたいのだ。

「おっ母さんも食べる?」

「ええ、いただくわ」

「じゃあ、用意するね」

お花の面《おもて》に、喜色が広がる。ぴょこんと飛び跳《は》ねるように、土間に下りた。

利休と名のつく料理には、たしか胡麻《ごま》が使われているはずだ。

なんでも茶人の千利休《せんの》が好んで用いた、信楽焼《しがらき》や伊賀《いが》焼の器が由来らしい。どちらも表面がブツブツしており、胡麻を思わせる。ゆえに胡麻を使った料理には、利休の名が冠されるようになったと聞いたことがある。

はてさて利休卵とは、卵焼きに胡麻を混ぜ込んだものか。もしくは茹《ゆ》で卵に胡麻をまぶしてあるのか。

飯をしっかり食べた後なのに、あれこれ想像していると腹が減ってくる。

他の面々も同様らしく、期待に満ちた顔でお花が立ち働く様を見守っていた。

人数分の小鉢が、小上がりに並べられる。

卵焼きでも、茹で卵でもない。小鉢を覗き込んだ若旦那が、素直な感想を洩《も》らした。

「これはこれは。かすていらか、ぼうるのような」

どちらも南蛮菓子《なんばんがし》である。この利休卵も、お菜というよりは菓子なのだろうか。しかし、ぼうるほど硬《かた》くはないはず。お花がさっき、木の匙《さじ》でこれを取り分けていた。断面は、かすていらよりもぱさついた感じである。

「どれどれ」

いち早く、小鉢を手にしたのはご隠居だ。ひと塊《かたまり》を箸でつまみ、かぶりつく。

その途端《とたん》、「おや、これは！」と、目を丸くした。

続いて箸をつけたのは、若旦那。こちらも口に入れるなり、「むむ、意外！」と声を上げる。

いったい、どんな味だというのか。我慢《がまん》できず、熊吉も利休卵を頬張った。

「おお！」

思わず驚嘆《きょうたん》の声が出る。

見た目に反して、甘くはない。かといって、塩気がしっかりあるわけでもない。

まず口いっぱいに広がったのは、胡麻の香ばしい香り。ふわりとした卵の旨みが、後からそれを追いかけてくる。

素朴だが、素材そのものの味が前面に出ている。ごくりと飲み込んだ後もまだ、香りとコクが尾を引いた。

「旨《うめ》ぇ」と、勝手に呟《つぶや》きが洩れていた。

「ええ、本当に。菓子かと思いましたが、そうじゃない。これは、酒にも合いますよ」

ちろりに残っていた酒を自ら注いで、ご隠居がくいと盃を干《ほ》す。

旨そうなところを見せつけられてしまった。これを肴に一杯やりたいのを、熊吉はぐっと堪《こら》える。

「甘くはないけど、お八《や》つにもよさそうだ。よく一人で作れたね、お花ちゃん」

お勝にも褒《ほ》められ、お花は照れたように笑った。

「そんなに難しいものじゃないの。煎《い》った胡麻を熱いうちに擂り潰して、溶き卵と混ぜて蒸すだけ。味つけはお酒と醬油をほんのちょっぴり。簡単だけど、滋養があって食べやすそうだと思って」

作りかたを聞くと、たしかに難しい手順はない。だがこの取り合わせを、はじめに考えた者は天才だ。

お妙もひと口食べて、「ほぅ」と息を吐く。余韻《よいん》を楽しむように、目を閉じた。

「美味しい。これなら食べられそう」

「本当に？　よかった、明日も作るね！」

ご隠居やお勝に褒められたときよりも、お花は嬉しそうだ。

滋養に富んだ、利休卵。弱ったお妙の体には、まさに最適な食べ物である。

「ありがとう、お花ちゃん。助かるわ」

飯を食べることは、生きる源《みなもと》。利休卵を少し食べただけでも、お妙の頬には赤みが差してきたようだ。うつろだった眼差しにも、光が戻っている。

さっきまではそのまま消えてしまいそうな、妖《あや》しげな美しさを放っていた。見ていて恐ろしいほどの凄みがなりを潜《ひそ》め、ほっとする。これならば腹の子も、すくすくと育ってくれることだろう。

「いやはや、驚いた」

若旦那が感服したように呟き、箸を置く。よっぽど旨かったらしく、空になった小鉢をじっと眺めている。

「お花ちゃん、もしよければこの利休卵を、祝言の料理に加えてくれないかな」

「えっ、でも――」

お花は戸惑《とまど》い、意見を求めるようにお妙を見遣る。

頼まれたのは、二の膳だ。『猪口』は和え物か酢の物で、『平』は煮物。利休卵は、そのどれにも当てはまらない。

「さっきは解説を省《はぶ》いてしまったけど、本膳料理には口取り肴を盛り合わせる硯蓋《すずりぶた》というのがあるんだ。そのうちの一品として、利休卵を作ってほしい」

若旦那が言うには、大きな硯蓋をひっくり返した器に、搗栗《かちぐり》、熨斗鮑《のしあわび》、昆布《こんぶ》などと共に、金団《きんとん》や蒲鉾《かまぼこ》を盛るのだという。それらの料理はその場で食べず、賓客《ひんきゃく》の土産になるそうだ。

料理書を参考に一人で工夫した料理が求められ、喜びより驚きが勝《まさ》ったらしい。お花はぽかんと口を開け、しばらくそのまま固まっていた。

五

西の空は、今日も見事に燃えている。

赤い夕日を頬に映し、熊吉は下谷御成街道を南へゆく。

俵屋へと帰る若旦那の、供である。前をゆく背中は、驚くほど旦那様に似ていた。

何度もこうやって、若旦那様と歩いたことがあるのに――。

そのときは、似ているとは思わなかった。なのに今は、瓜二つ。男にしては小柄なのに、近寄りがたい威厳があった。

日夜顔を合わせていても、外に出るとよく分かる。新しく迎える花嫁と、俵屋の発展のために、この人は腹をくくったのだ。道行く人からもどことなく、一目置かれているように見えた。

皆こうやって、立派になってゆくんだな。

頭に思い浮かべたのは、お花の顔だ。口元をすぼめ、面映《おもは》ゆげに笑っている。

お妙が「ありがたくお受けしたら？」と勧めたのもあり、利休卵は口取り肴の一品に加わることになった。お花の料理が、若旦那から正式に認められたのだ。

元々は、「お妙の代わり」だったのに。そう思うと、胸にもやもやしたものが湧き上がってくる。

まさか、嫉妬《しっと》してんのか？

衿《えり》の合わせを摑《つか》み、自問してみる。

いいや、違う。これは焦りだ。成長著《いちじる》しいお花と、足踏みをしている自分。このままでは追い抜かされて、どんどん差が開いてしまう。

あいつも、覚悟を固めてるんだもんな。

いつか『ぜんや』の女将になってみせる、という覚悟だ。お花には、その資格がもう充分に備わっている。

帰り際に、聞いてみた。今日の献立は、お妙の体を気遣って考えたのだろうと。お花は素直に、「うん」と頷いた。

「それに、夏の疲れがまだ残ってる人もいるでしょう。おっ母さんに食べやすいものは、その人たちの滋養にもなると思って」

季節の変わり目に、客の体調を慮《おもんぱか》る。それはまさに、お妙の考えかただ。『ぜんや』の女将に最も必要なものを、お花はすでに受け継《つ》いでいた。

おっ母さんのため、客のため。自分のことで精一杯だった娘が、ずいぶん視野を広げたものである。

客のため、か。オイラは、そんな仕事ができてねぇな。

得意先を増やさねばと焦るのも、旦那様から暇を出されまいとするためだ。そんな後ろ向きな動機で、いい仕事ができるはずもない。

でも、客のためと言ってもなぁ——。

龍気補養丹が最も売れているのは、出合い茶屋のある池之端。龍気養生丹に至っては、女犯《にょぼん》を罪とするはずの坊主によく売れている。

そのあたりの客はまぁ、措《お》いとくとして。

もっと切実に、二つの薬を欲する者がいるはずだ。そう、たとえば柳井様の嫁御のような――。

子をなかなか授かれない女のために、なにかできねぇかな。

ふいにそう思った。跡継ぎができない武家の悩みは、庶民以上に深刻だ。側室を侍《はべ》らせることができる大名や大身《たいしん》旗本はまだいい。小禄の武士の嫁は、さぞかし肩身の狭い思いをしているだろう。

もう一度柳井様と、じっくり話がしてみてぇな。

いいや、できることなら嫁御と。つらい胸の内を、明かしてもらうことはできないだろうか。

難しそうだが、頼むだけ頼んでみるか。

くじけかけていた意気が、ひょこりと立ち上がるのを感じる。

腹の中が、なんだか熱い。利休卵の滋養が、効いてきたのかもしれない。

そうだオイラは、女たちの力になりたい。救えなかった、女のぶんまで――。

「熊吉、どうしたんだい」

呼びかけられて、前を向く。考え事をしていたせいで、足取りが緩んでいた。若旦那が、ずっと先で立ち止まっている。

「いいえ、失礼しました」

考えがまとまったら、このお人に真っ先に聞いてもらおう。そう思いつつ、熊吉は小走りになる。

秋の夕焼けが長く伸び、町と人をすっぽりと包み込んでいた。

祝言

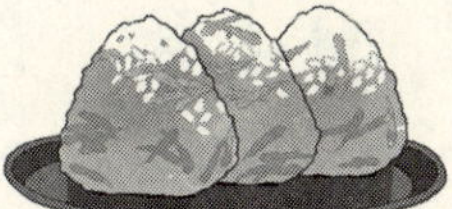

一

近ごろなんだか、手が大きくなった気がする。

いや、大きさそのものは、変わっていないのかもしれない。だが手のひらが厚くなり、節《ふし》が目立つようになった。

玉《たま》の輿《こし》を狙《ねら》う商家《しょうか》の娘なら、嘆くべきところだろう。うっかり包丁で切ってしまった痕《あと》や、火傷《やけど》の痕も、おそらく生涯《しょうがい》消えることはない。

けれども手が強くなったお陰で、擂粉木《すりこぎ》が扱いやすくなった。擂鉢《すりばち》を脇《わき》に抱えるようにして、ゴリゴリと力を込める。

擂《す》り潰《つぶ》しているのは、鱈《たら》の身だ。ねっとりと粘りが出るまで、小半時《こはんとき》(三十分)ほどかけて丁寧に。

そこへ卵白《らんぱく》と味醂《みりん》を加え、さらに練る。ほどよいところで、擂った山芋《やまいも》と塩を加えてまたまた練る。

半平《はんぺん》のタネである。ここでしっかりと、空気を含むように混ぜてやる。そうすると、

て決めた献立である。

　まず本膳は、鮭子《はらご》のおろし膾《なます》に、海老《えび》の擂り身を詰めた射込《いこ》み蕪《かぶ》。汁は大根、里芋《さといも》、牛蒡《ごぼう》、豆腐、串鮑《くしあわび》を具とした味噌《みそ》仕立て。それに蕪の漬物と、飯がつく。

　二の膳は、菊花《きくか》と人参の和《あ》え物に、梅若汁《うめわかじる》。平《ひら》の煮物は、鴨《かも》、慈姑《くわい》、芹《せり》、松茸《まつたけ》、半平の炊き合わせとした。

　三の膳は、尾頭《おかしら》つきの鯛《たい》の塩焼きだ。

　本膳の坪《つぼ》と二の膳の平はどちらも煮物だが、お妙が言うに、前者は野菜の煮物や糝《しん》薯《じょ》の餡《あん》かけを、蓋《ふた》つきの深い器に盛ったもの。後者は海、山、里のものを五種ほど取り合わせ、平たい椀《わん》に盛ったもの。そういう取り決めがあるという。

　そんなわけで坪はとろりと餡をかけた射込み蕪、平は炊き合わせと決まった。

　具材を別々に煮て一つの器に盛りつける炊き合わせは、手間がかかるぶん、火の通りや味の染み具合を調整できる。だからひと月かけて、それぞれの具材に最適と思える煮方を模索した。

　はじめて扱う鴨には特に手こずらされたけれど、先につけ焼きにして余分な脂を落とすことで、他の風味を殺さぬ味わいになった。松茸を合わせることにしたのは、季《き》節柄《せつがら》である。

季節柄といえば、菊花と人参の和え物。これは、煎酒《いりざけ》に酢を混ぜたもので和えるつもりだ。

「そうだ、煎酒を作っとこう」

独り言を呟《つぶや》いて、お花は献立の紙を懐に仕舞う。

さほど手間のかかるものではないから、祝い膳に使う煎酒は、俵屋の台所で作る手筈《はず》になっている。今から拵《こしら》えるのは、お妙のぶんだ。

悪阻《つわり》で醬油《しょうゆ》や味噌の味つけがつらいときでも、梅干しから作られる煎酒ならば、口《て》がさっぱりするらしい。このところお妙に出す料理には、醬油の代わりにもっぱら煎酒を使っていた。

まずは小振りの鍋に酒と少し潰した梅干しを入れ、火にかける。焦らずゆっくり、酒が半分の量になるまで煮詰めてゆく。

その間に鰹節《かつおぶし》を取り出して、薄く削った。削りたての、豊かな香り。この芳香が、煎酒の風味を左右するのだ。

「そろそろかな」

酒が煮詰まってきたのを見て、鰹節をたっぷりと加える。そのまままもうしばらく煮て、晒《さら》し木綿《もめん》で漉《こ》せば出来上がりだ。

少し冷ましてから、手の甲にちょっぴり取って舐《な》めてみる。爽《さわ》やかな梅の香りが、ふんわりと鼻に抜けた。

「うん、美味しい」

梅干しの塩気と酸味、それから鰹出汁の風味が、煮詰めた酒に移っている。まろやかで、上品な味わいだ。

これを青菜《あおな》や豆腐にかけてやれば、お妙は喜ぶ。醬油のように色がつかないから、具材の色も映えて綺麗《きれい》だ。めでたい席の料理にも、相応《ふさわ》しいのではないかと思った。

「菊花も、茹でておこうかな」

ありがたいことに練習のための菜料も、すべて俵屋が都合してくれた。固辞《こじ》しようとするお妙に若旦那は、「祝い事なんですから、気持ちよく金を使わせてください」と、一歩も引かなかった。

その蔬菜《そさい》が、まだ残っている。菊花は使い切ってしまわないと、そろそろ色が悪くなる。

なんだか、落ち着かないみたい。

食用菊《しょくようぎく》の黄色い花弁をむしりながら、はたと気づく。さっさと湯に行けばいいものを、あれもこれもと、手を動かさずにいられない。

やはり、気が張っているのだろう。準備はしてきたつもりだが、やり残したことがあるのではないかと、そわそわする。

お梅ちゃんは、どうしてるかな。

今日の主役の、花嫁だ。待ちに待った日がきたと、幸せに胸を躍らせているのだろうか。

お互いなにかと忙しく、このところ顔も合わせていない。花嫁姿を少しでも拝んでみたいものだが、台所で働く身としては難しい。

おめでとうって、ひと言伝えたいんだけどな。

菊花をさっと茹で、笊に空ける。手でキュッと水気を絞ったところで、勝手口《かってぐち》の戸がそろりと開いた。

湯へ行った二人が帰ってくるには、早すぎる。裏店《うらだな》のおえん母子《おやこ》かと思い、顔を上げた。

「――あれ？」

周りを窺《うかが》うようにして入ってきたのは、思いも寄らぬ相手だった。お花はこれでもかと、目を見開く。

「どうしたの、お梅ちゃん」

ちょうど今、胸に思い描いていたその人である。

祝言の支度は、まだしなくていいのだろうか。化粧っ気のない顔で、身につけている着物も地味な木綿。こめかみで揺れている、びらびら簪《かんざし》だけが華やかだ。

「お花ちゃん、今一人？」

他に人の気配がないのをたしかめて、お梅は青ざめて見える頰《ほお》を微《かす》かに緩めた。

二

「はい、どうぞ」

小上がりにお梅を座らせて、番茶《ばんちゃ》を出してやる。

お茶請《う》けに、作り置きしておいた昆布の佃煮《つくだに》を添えた。甘辛い佃煮と番茶は、またとない取り合わせだと思う。

「ありがとう」

湯呑《ゆの》みへと伸ばされる、お梅の手が震えている。それを見て、お花も下駄《げた》を脱いで小上がりに落ち着いた。

なにがあったの？　大事な日に、こんなところにいていいの？

聞きたいことはたくさんあるのに、喉元《のどもと》で言葉がもつれて出てこない。ただじっと、番茶を口に含むお梅を見守っていた。

「ああ、美味しい」

温かいものを体に入れて、人心地ついたようだ。お梅はほっと息を吐き出した。

「お妙さんと、只次郎さんは？」

「二人とも、湯に行ってる。まだ当分、戻らないと思うよ」

「そう。アタシも、湯に行くと言って出てきちゃった」

そのわりに、お梅は手拭いすら持っていない。湯呑みを置くと、洟《はな》をスンと啜《すす》り上げた。

「えっ、なんで」

びっくりして、思わず傍《そば》へにじり寄る。どう慰《なぐさ》めたものか。このめでたい日に泣くわけが、お花には分からない。

できるのは、細い肩を抱くことくらい。宝屋《たからや》からまっすぐここに来たわけではないのか、肩先が冷えている。温めてあげなきゃと、手で撫《な》でさすった。

「ごめん、ごめんね。ああもう、なにやってんだろアタシ」

目尻《めじり》の涙を指先で払い、お梅は呆《あき》れたように笑ってみせる。

なにかつらいことでもあったのだろうか。お花には、「ううん」と首を振ることしかできない。

「自分でも、なにがなんだか。昨日あたりから、急に怖くなってきちゃって」

「俵屋さんに、嫁ぐのが？」

まさかと思い、尋ねてみる。だが、そのまさか。お梅は「ええ」と頷いた。

「昨日ひと足先に、嫁入り道具だけが俵屋さんに運ばれていったの。うちはそれほど身代《しんだい》が太いわけじゃないから、着物も夜具も道具類も、ほとんど若旦那様が按排《あんばい》してくれてね。そりゃあもう、立派なものなのよ」

それのなにが、いけないのか。見当もつかぬまま、相槌《あいづち》を打って先を促す。

「うちの内所はきらびやかな嫁入り道具で溢《あふ》れてて、おっ母《か》さんは『ありがたいねえ』と喜んでたし、アタシもちょっと浮かれてた。でもそれがぜんぶ運び出されて、がらんとした家の中に取り残されるとね、一気に夢から覚めたみたいな気持ちになったの。そもそもアタシは、この身一つしか持ってない。ただの捨て子だったくせに、こんなによくしてもらっていいのかなって」

「お梅ちゃん――」

お花だってもらい子だから、なんとなく分かる。実の親に愛されなかったという記憶は、ふとした拍子《ひょうし》に己の矜持《きょうじ》を削ってゆく。

でもお梅は宝屋のおかみさんを、本当のおっ母さんと思っていると言っていた。後ろ向きになってぐずぐずしていたのは、お花ばかりであったのに。

まさか祝言を目前に控え、やにわに自信を失うとは。人生の節目には、こういった罠《わな》が潜んでいるのか。

「はじめはよくても時が経《た》つうちに、やっぱり俵屋のご新造《しんぞう》の器じゃなかったって、嫌われちゃったらどうしよう。出自《しゅつじ》の悪い女は駄目だって、呆れられたら――」

「お梅ちゃん！」

これはいけない。誰《だれ》に文句をつけられたわけでもないのに、お梅は己の思考に追い詰められている。

ひとまず悪い考えを断ち切って、落ち着かせてやらないと。弁が立つわけではないお花に、できそうなことといえば――。

「ねぇ、お腹空《なかす》いてない？」

「へっ？」

虚を衝《つ》かれたらしく、お梅はきょとんと首を傾《かし》げる。それでも律儀に、帯の上から腹を撫でた。

「たしかに昨日から、あんまり食が進んでいないけど――」

「分かった。それならまず、お腹をいっぱいにしよう」

「う、うん」

不安にとらわれているせいだろう。いつもは勝ち気なお梅が、お花に押されておずおずと頷いた。


さて、なにを作ろうか。

あいにく店が休みのため、すぐに出せるものがない。出来たての半平はあるけれど、お妙や只次郎のぶんも含めると、数が足りなくなってしまう。

幸い米は、昼餉《ひるげ》用に研《と》いで水に浸したものがある。あとはさっと茹でて、絞っておいた菊花くらいか。

手早く作れて、腹が膨れるものがいい。それでいて、ちょっとした幸せを感じられるような――。

「よし！」

袖《そで》をからげた襷《たすき》を締め直し、お花は土鍋で米を炊きはじめる。その間に、菊花に煎酒と酢を加えてお浸しにした。

ほのかに甘い菊の香りと煎酒は、相性がよい。口に含むと、ふわりと心浮き立つ風味だ。少し味見をして、お花は唇の端をきゅっと持ち上げた。

できれば汁も添えたいところだが、今から出汁を引くとなると、お梅をさらに待たせることになる。そんなときは、手抜きにかぎる。

まず取り出したるは、昆布の佃煮。細く切ってあるのを少量、汁椀に入れる。鰹節も削って、同じ椀へ。そこに干し若布《わかめ》と、塩を少々。葱《ねぎ》も刻んで、ぱらりと載せた。

そうこうするうちに、飯が炊けたようだ。土鍋を火から下ろして、蒸らしはじめる。

その傍らで、小鍋に湯を沸かす。

ほどよいところで土鍋の蓋を取り去ると、米の香りを含んだ湯気が、頬を柔らかく湿らせた。

「はい、お待たせ」

料理の載った折敷《おしき》を、小上がりに滑らせる。

なんてことはない。握り飯が三つと、椀種《わんだね》に湯をかけただけの吸い物だ。

しかしお梅は膝先《ひざさき》に目を落とし、「あら」と声を上げた。

「刻み沢庵《たくあん》かと思ったら、菊花なのね」

握り飯には先ほどの、菊花のお浸しを混ぜ込んである。ただのおむすびが、それだけで華やかに見えるから面白い。

「はじめて食べるわ」

食が進まないと言っていたのに、珍しい取り合わせに興味を引かれたのだろう。お梅はさっそく、握り飯を手に取った。

口を大きく開けて、かぶりつく。そのとたん、暗く沈んでいた双眸《そうぼう》の奥が光った。

「うん、美味しい。少し酸味があるけど、優しい味ね。菊花のほろ苦さも後を引くわ」

ひと口目で、体が空腹を思い出したのだろう。握り飯を置くことなく食べ進め、瞬く間にはじめの一つが消えてしまった。

続いてお梅は、口直しとばかりに箸《はし》と椀を取る。ふうふうと吹き冷まし、吸い物をそっと啜った。

「即席だから、風味が薄いかもしれないけど」

「ううん、充分よ。これ、お湯をかけただけなの？　信じられない」

一人で簡単に飯を済ませたいときに、たまにやる手抜きだ。昆布の佃煮からは、案外いい出汁が出る。

「よかった。『ぜんや』のお客さんには、出せないけどね」

「すごいね、お花ちゃんは。このおむすびも、自分で考えたんでしょう」

ありとあわせで作ったものを、ずいぶん褒めてくれるものだ。

お梅は二つ目の握り飯を手に取ると、しょんぼりと目を伏せた。

「お妙さんの具合がよくなくても、調理場を預かって、しっかりやれてる。それに引き換え、アタシったら――」

そんなことはない。お花だって、失敗続きだ。

でも、そう言いたくなる気持ちは分かる。自信を失っているときは、自分ばかりが出遅れていると感じてしまうもの。周りに引け目を感じてきたお花には、身に覚えのある感情だった。

「お梅ちゃんこそ、すごいよ」

どう言えば、伝わるだろう。お梅はその身一つの中に、素敵なものをいっぱい持っている。

思い出してほしい。俵屋のご新造に相応しくなろうと、努力を惜しまなかった日々を。升川屋《ますかわや》のお志乃《しの》だって、お梅の熱意を認めている。

お陰で生け花の腕前は、ずいぶん上達したと聞く。でもなにより尊いのは、己を高めようとする姿勢そのものだ。

負けず嫌いで優しくて、凛《りん》と前を向いているお梅が好き。若旦那だって、きっとそういうところに惹《ひ》かれている。

心配することなんて、なにもない。傍目《はため》には、そう思えるのに。

「あのね。その菊花、和え物にしたのが祝言にも出るよ」

そう言って、お花は握り飯を指差した。

「炊き合わせにする半平だって、さっき作った。このひと月、何度も何度も練習したの。はじめはちっとも、上手《うま》くできなかったんだから」

なんといっても、俵屋の祝い膳だ。半端なものは出せないと、お妙に出汁の引きかたから叩《たた》き直された。

我ながら、めげずによく頑張ったものだと思う。それもこれも、お梅のためだ。

「だって、若旦那様に頼まれたの。慣れない家の中でお梅ちゃんが不安にならないよう、美味しいもので気持ちをほぐしてあげてほしいって。だから私、やりたいって言ったのよ」

元々は、お妙に持ち込まれた依頼だ。お花では、力不足と分かっている。

それでも、他家《たけ》に嫁ぐお梅を励ましたかった。

なにしろ祝言に、花嫁の親族は同席しない。お梅はたった一人で、俵屋に入るのだ。心細くなるのは、あたりまえ。そんなお梅に、若旦那は寄り添おうとしている。微《び》力《りょく》ながら、もちろんお花だって。

「そう、若旦那様が――」

ぽつりと呟くお梅の瞳《ひとみ》は、潤んでいた。

湿っぽさを吹き飛ばすように、次の瞬間には大口を開け、握り飯にかぶりつく。頬を膨らませ、もりもりと食べている。

二つ目を平らげたら、すぐさま三つ目へ。握り飯をすべて腹に収めると、吸い物まで残さずに飲みきった。

「ああ、美味しかった。お腹いっぱい」

汁椀と箸を置き、お梅は満足げな息をつく。青ざめていた頬には、いつの間にやら赤みが差している。

「やっぱり、お腹が空いていたみたい。なんだかやれる気がしてきたわ」

どうやら、強がりを言えるだけの気力も戻ったようだ。

よかった。お花はほっと胸を撫で下ろす。

「祝言のお料理、楽しみにしてて」

「うん。お花ちゃんが台所にいるなら、心強いよ」

「おめでとう、お梅ちゃん」

「ありがとう。拵えをして、うんと綺麗な花嫁になってやるわ」

花嫁衣装の白無垢《しろむく》も、若旦那から贈られたもの。俵屋ではきっと、夜になるのを待ちわびている。

「さてその前に、今度こそ湯に行かなくちゃ。しっかりと、肌を磨き上げなきゃね」

「それなら、鶯《うぐいす》の糞《ふん》を持って行く？」

鶯の糞は、糠袋《ぬかぶくろ》に混ぜて使うと肌が白くなる。『春告堂《しゅんこくどう》』には鶯が四羽おり、糞買いの訪れも間に合わぬほどだ。

溜《た》まった糞は油紙《あぶらがみ》に広げて窓辺で乾かしてあるから、すぐにでも使用できる。

「いいの？　嬉《うれ》しい」

お梅が両頬を持ち上げて、喜色《きしょく》を示す。

化粧っ気がなくてもその笑顔は、とびっきり美しかった。

三

薬袋を模《かたど》った袋看板が、『薬種《やくしゅ》』の文字も黒々と、甍《いらか》の下に揺れている。入り口に下がる暖簾もまるで、染めたてのように鮮やかだ。

本石町《ほんごくちょう》二丁目の俵屋の前で、お花はぽかんと立ちつくす。いつ来ても、間口の広さに驚かされる。薬簞笥《くすりだんす》の並ぶ店の間では、小僧や手《て》代《だい》が客の相手をしたり、生薬《きぐすり》を擂り潰したりと、忙しそうだ。

若旦那の祝言があるとはいえ、お店《たな》の者のやることは変わらない。格子《こうし》縞《じま》のお仕着《しき》せを着た奉公人《ほうこうにん》の中に、お花はよく知る顔を探す。

「熊吉は、いないみたいだね」

傍らに立つお勝が、ひと足先に見切りをつけた。

なにせまだ、昼過ぎだ。お妙と只次郎に見送られて『ぜんや』を出たのが、八つ（午後二時）ごろのこと。熊吉は、まだ外回りから戻っていないのだろう。

さて、誰に案内を請うべきか。

尻込みするお花をよそにお勝はさっさと店先に立ち、客の履き物を並べていた小僧を呼び止めた。

「ねぇ、ちょっと。今夜の祝言の料理を任された者なんだけどさ」

その声を聞きつけて、座敷で薬研《やげん》を使っていた男が顔を上げる。

格子縞の濃さからすると、年季の入った手代だろう。額が前に突き出た風貌《ふうぼう》には、見覚えがあるような、ないような。

「あ、留吉《とめきち》さん」

思い出した。俵屋が賊《ぞく》に襲われかけた際、『ぜんや』に寄って戸締まりに気をつけるよう知らせてくれた、あのときの手代だ。

留吉のほうでも、お花の顔を覚えていたのだろう。薬研車《やげんぐるま》を置いて立ち上がると、下駄を履いて土間に下りてきた。

「いい、俺《おれ》が行く」と、小僧を押しのけて前に出る。

どうぞこちらへと促されるままに、建物の側面へと回り込んだ。裏口の木戸から中に入ると、すぐ先が台所になっていた。

これがまた、圧倒されるほど広い。竈《かまど》は六つ。そのすべてに火が入り、鍋から湯気が噴き出している。

「ねぇこの鍋、なんで切り昆布なんか煮てるのさ」

「お店の者の、夕餉のぶん。先に作っておこうと思って」

「そのせいで、大鍋が一つ塞《ふさ》がってるじゃないか。アンタ、お隣へ行って借りてきなよ」

「ちょっと待って。こっちも今、手が離せないんだよ!」

前掛け姿の女中《じょちゅう》たちも、あっちへこっちへ、入り乱れるよう。あまりの忙しさに、殺気立っている。

鍋が足りないと騒いでいる女中が、見たところ一番暇そうだ。その肩を、留吉がトンと叩く。

「『ぜんや』からお越しの料理人だ。後は頼んだ」

そう告げると、こちらに一礼して去っていった。

この女中が、台所の差配役なのだろうか。瞼《まぶた》の重たそうな、四十がらみの女である。

「ああ、伺ってますよ。どうぞよろしく」

衿元《えりもと》をさっと整えると、なにを思ったか、女はお勝に向かって挨拶《あいさつ》をした。

「違いますよ。アタシはただの手伝い。料理を作るのは、この子です」

「へっ?」

女中の眼差《まなざ》しが、ようやくお花に向けられる。眉間《みけん》に皺《しわ》を寄せ、不審げな色を隠そうともしない。

不躾《ぶしつけ》な態度だが、お妙からの言いつけもある。お花はかしこまって頭を下げた。

「いやいや、嘘だろう。ただの小娘じゃないか。腕っこきの女料理人が来るって聞いてたのにさ」

それはきっと、お妙のことだ。小娘なのは間違いないから、お花は申し訳なさに身を縮める。

むっとしたのは、お勝である。持ち前の弁舌《べんぜつ》で、すぐさま言い返した。

「信じられないなら、若旦那様に聞いてきちゃどうだい。この子はちゃんと料理人だし、花嫁の友達でもあるよ」

お梅が嫁いできたならば、奥向きを差配するのはご新造の役目となる。つまり俵屋のすべての女中が、お梅に使われる身となるのだ。

その友人を、軽く扱っていいのかい？

そんな含みが、言外《げんがい》に読み取れる。

言い回しの妙に気づかぬほど、鈍《にぶ》くはないようだ。首を軽くすくめると、差配役はへっついのほうを指差した。

「竈は一番端のを使っとくれ。ああそれから、おたえさん！」

名前の響きに、どきりとした。呼びかけられて、蕪をくり抜いていた娘が顔を上げる。

台所女中の中では、最も若い。おそらく二十歳《はたち》になっていないだろう。小柄だが胸《む》乳《な》《ち》が大きく、そのせいで衿の合わせが開いている。

「道具の場所やらなんやら、細かいことはあの子に聞いとくれ」

お花たちの世話を人に押しつけて、差配役は「ああ、忙しい」と身を翻《ひるがえ》した。

代わりにおたえと呼ばれた娘が、包丁を置いて近づいてくる。気弱そうな微笑みから、お花は己に近しいものを感じ取った。

「ごめんなさい。台所頭《だいどころがしら》のおときさんは、言いかたがきついの。悪い人じゃ、ないんだけれど」

挨拶もそこそこに、差配役の非礼《ひれい》を詫《わ》びてくる。

「高足膳《たかあしぜん》の数、ちゃんと数えた？　綺麗に拭《ふ》いとくんだよ！」

周りの物音がうるさくても、おときの声はよく通る。他の女中に指図する声が、キンキンと響いていた。

差配役からぞんざいに扱われても、落ち込んでいる暇はない。

おたえからひと通りの道具を借り、持参した前掛けの紐《ひも》をきゅっと締める。さっそく料理にとりかからねば。

なにせ竈が、一つしか使えない。手順をよく考えないと、祝言に間に合わなくなってしまう。

まずは硯蓋《すずりぶた》の一品となる、利休卵から。鉄鍋で胡麻《ごま》をさっと煎《い》り、お勝に擂り潰してもらうことにする。

胡麻がねっとりしてくるまで擂り続ける、根気のいる作業だ。その間にお花は鴨の肉に串を打ち、七厘《しちりん》で炙《あぶ》りはじめた。

肉の脂がじゅわっと弾《はじ》け、香ばしい煙が立ち昇る。鴨は庶民の口にはめったに入らぬご馳走《ちそう》だから、女中たちが何人か、においにつられて振り返った。

鴨といえば、相性がいいのは芹である。野趣《やしゅ》溢れる芹の風味が、肉の脂と調和するのだ。

でも芹は、後からさっと煮ればいいから——。

これから作る献立を、頭に思い浮かべる。

味がしっかり染み込むよう、慈姑は早めに煮ておかないと。梅若汁の出汁の昆布も、まだ水に浸していない。煎酒だって、先に作って冷ましとかなきゃ。

ああ、忙しい。

おときじゃないが、そう言いたくなる気持ちは分かる。頭の中を整理しながら、必死に手を動かしてゆく。

「お花ちゃん」

どのくらい、料理に没頭していただろう。ふいに名を呼ばれ、お花はハッと顔を上げた。

いつの間にやら日が陰り、あたりは薄暗い。台所から一段上がった板の間に、若旦那が立っていた。花婿《はなむこ》らしく、麻裃《あさがみしも》を身につけている。

お花はやりかけの作業をお勝に任せ、板の間に近づいていった。

「すまないね。こっちはこっちでやることが多くて、挨拶が遅くなってしまった」

「ううん、とんでもない」

むしろ、顔を合わせることはないと思っていた。多忙の中、まさか台所まで様子を見にきてくれるとは。

「さっき、三河屋《みかわや》の旦那とお内儀さんが到着したよ。お花ちゃんの料理を、楽しみにしてるって」

祝言の宴《うたげ》に臨《のぞ》むのは、花婿と花嫁、舅《しゅうと》となる俵屋の旦那様。それから仲人《なこうど》の三河屋夫妻である。

あとはもう、お梅の到着を待つばかりか。いよいよ時が、押し迫ってきた。

「それを伝えるために、わざわざ？」

「情けないことに、じっとしていられなくてね」

恥ずかしげに、若旦那が首の裏を掻《か》く。花嫁を待ちわびて、居ても立ってもいられないのだ。

その表情は、緩みっぱなし。祝言の日を迎え、嬉しくてたまらないようである。

お梅が不安のあまり『ぜんや』を訪ねてきたことは、お妙や只次郎にも言っていない。これからも、誰にも言う必要はないだろう。

花婿のこんな幸せそうな顔を見れば、お梅の抱えるもやもやなど、霧散《むさん》してしまうに違いないのだから。

「若旦那様。お梅ちゃんを、よろしくね」

この人ならお花の大事な友達を、無闇《むやみ》に泣かせたりしないはず。女には奥手だから、妾《めかけ》を囲うこともないだろう。その点は特に、安心だ。

「ああ、もちろん」

花嫁の友人から浮気心の有無を測られているとは思いもよらず、若旦那は満ち足りた顔で笑っていた。

四

暮れ六つ（午後六時）前に、行灯《あんどん》に火が入れられた。

それを合図とするように、今日一日の仕事を終えた小僧や手代が、板の間になだれ込んでくる。早くも、夕餉の刻限《こくげん》なのだ。

たいそうな人数だが、配膳は各々でやるらしい。備えつけの棚から箱膳《はこぜん》を取り出して、列を作るように並べてゆく。お菜や汁は鍋のまま。飯は大きなお櫃《ひつ》に移し、どんと置かれた。

量はたっぷりある。それなのに、みるみるうちに減ってゆく。

若い男ばかりが集まった、食事風景だ。賑《にぎ》やかを通り越し、鬼気《きき》迫《せま》るものさえある。

煮物の味見をしながら物珍《ものめずら》しげに眺めていたら、熊吉と目が合った。板の間に座っていても、同輩たちより頭一つ飛び出ているからよく分かる。

「お、つ、か、れ」

周りが賑やかだから、声は届かない。熊吉は、口の動きだけでそう伝えてきた。

たぶん、合っているはずだ。お花はこくりと頷き返した。

手代や小僧たちは瞬く間に飯を終え、来たときと同じく、さあっと引いてゆく。まるで作物を食い荒らすバッタのよう。立ち去ったあとにはなにも残らず、空になった鍋やお櫃だけが転がっていた。

「凄《すさ》まじいねぇ」

さしものお勝も、呆れ顔。おたえが鍋を片づけようと、板の間に歩み寄る。

とそこへ、外の様子を見に行っていたおときが駆け込んできた。

「今さっき、表に花嫁の駕籠《かご》が着いたよ！」

誰からともなく、わっと歓声が上がった。女中たちが、急にそわそわしはじめる。

その気配を機敏《きびん》に察し、おときが手を叩き合わせた。

「いいかい、花嫁が奥座敷《おくざしき》に入ってしばらくしたら、式三献《しきさんこん》。つまり、三三九度《さんさんくど》だね。それが終われば、お色直しを挟んで饗宴《きょうえん》だ。アタシらは花嫁が着替えてる間に、本膳料理の仕上げといくよ！」

「はい！」

見事なものだ。そぞろになっていた女中たちの気を、声かけひとつで引き締めた。俵屋の台所頭を任されるだけの、手腕《しゅわん》はあるのだ。

お花も残すは、仕上げだけ。梅若汁は、出す直前に温めるとしよう。

「あのう、硯蓋のお料理を」

「はいはい、こちらに」

別の女中が、利休卵を取りにきた。お勝が差し出したのを受け取ると、蒔絵《まきえ》が施《ほどこ》された硯蓋に品よく盛りつけてゆく。

利休卵の他は、搗栗《かちぐり》に熨斗鮑《のしあわび》、蒲鉾《かまぼこ》は紅白取り揃《そろ》え、金団《きんとん》の黄色もめでたげだ。彩りとして、色づきはじめた楓《かえで》の葉もあしらわれた。

綺麗だな、と女中の手元に目を奪われる。板の間から金切《かなき》り声が響いてきたのは、そのときだった。

「ちょっと、どういうことだい。式三献の吸い物が、用意されてないじゃないか！」

お花は飛び上がりそうになって、振り返る。

騒いでいるのは、おときである。その正面で、おたえが顔を真っ赤にしてうつむいていた。

式三献の準備に、お花はまったく関《かか》わっていない。

それがどんな儀礼だか、把握していないくらいだ。

花嫁と花婿の間で交わす、杯事《さかずきごと》。しかし、ただ酒を飲むだけではないらしい。

「一献、二献、三献と酒肴《しゅこう》の膳を三度変えて、その度に大中小の盃《さかずき》で一杯ずつ飲むんだよ」

なにが起こっているのか分からずぼんやりしていると、お勝が耳元で教えてくれた。

つまり儀式の間に、都合《つごう》九杯の酒を飲むことになる。だから三三九度というのかと、目を開かれた。

どうやら今は、三献目に出す肴《さかな》のことで揉《も》めているようだ。

「たしかに、三献目は吸い物になってるわ」

硯蓋を盛りつけていた女中が、懐から書きつけを取り出した。近くにいた同輩《どうはい》が、その紙を覗き込む。

「えっ、雑煮じゃなかった？」

「それは一献目。二献目は饅頭《まんじゅう》で、三献目が吸い物だって」

「吸い物なら、あの子が作ってただろう」

唐突に、指を差された。どきどきする胸を押さえ、お花は答える。

「私が作ってたのは、二の膳の吸い物で――」

「なんだ、違うのかい」

女中たちが、だんだん周りに集まってきた。ぼそぼそと、言い交わす声が聞こえてくる。

「ならきっと、おときさんが指図するのを忘れたんだよ」

「おたえさんが悪いわけじゃないのに、可哀想《かわいそう》」

「そもそも、汁物が多すぎるんだよ」

さもありなん。本膳に味噌汁、二の膳にも吸い物が出るというのに、お腹がたぷたぷになりそうな汁物づくし。一つくらい、頭から抜け落ちることもあるだろう。

「今から出汁を引いても、間に合わないよ。どうするんだい！」

癇癪《かんしゃく》を起こしてわめき散らしたところで、事態が好転するはずもなく。なにも言い返せず、じっと耐えているおたえが哀れだ。

「吸い物なら、この子が作ったのを少し回せばいい。たっぷりあるから、足りるだろうさ」

見かねてお勝が口を挟む。立ちっぱなしで疲れたらしく、腰をとんとんと叩いている。

その態度が、癪《しゃく》に障ったのだろうか。おときが目を尖《とが》らせて振り返った。

「そんなの、三献目と二の膳に同じものが出ちまうだろう！」

なら、どうすればいいというのか。

料理や酒を供するのは、白粉《おしろい》を綺麗に塗った上女中《かみじょちゅう》の仕事だ。騒ぎの中現れて、すでに雑煮を運んでいった。

もはや、猶予《ゆうよ》はない。即席でもなんでも、吸い物を拵えないと――。

「昼過ぎに、切り昆布を煮ていましたよね？」

弾かれたように顔を上げ、お花は近くにいた女中に尋ねる。この顔は、鍋を借りてこいと言われていた女だ。

「ええ、たしかに煮ていたけど」

「余ってませんか？」

「アタシらが食べるぶんは、置いてあるよ」

小僧や手代は出されたお菜をあるだけ平らげてしまうから、あらかじめ取り分けておくらしい。片隅に除《よ》けられていた鉢を覗き込んでみると、ありがたいことに佃煮だ。湯は常に沸いているし、余りの食材はいくらでもある。

「大丈夫。お吸い物は、すぐ作れます！」

打開策《だかいさく》が見つかって、気が昂《たか》ぶっていたのかもしれない。お花はいつもの弱気を振り払い、高らかに宣言していた。

三つの椀に、切り昆布を少量ずつ入れてゆく。

花嫁と、花婿のぶん。あとの一つは味見用だ。

そこに削りたての鰹節と、熨斗鮑の切れっ端。さらには蒲鉾と、薄く切ったつけ焼きの松茸。青みとして芹を入れ、菊花をちぎってちょんと載せる。

味つけは塩のみだ。一つの椀だけに湯を張って、おときに勧める。

「味見、してみてください」

おときはまだ、訝《いぶか》しげに顔をしかめている。でもさっき、上女中が二献目の饅頭を運んでいった。もはや、腹を括《くく》らねばならない。

「こんな、出汁も引いてないものを――」

文句を言いつつも、おときは塗り椀に手を伸ばした。渋々ながら口元に運び、汁を啜る。そのとたん、重たげな瞼がはっと見開かれた。

「まさか、美味しい？」

誰に、なにを聞いているのだろう。問いかけるような口調になっている。

美味しいはずだ。なにしろお花が一人のときに作る即席の吸い物より、具材がいい。熨斗鮑からも出汁が出るし、松茸と芹の風味も抜群だろう。

「うん、これは美味しいよ」

「本当に、湯をかけただけ？」

「昆布の佃煮から、こんなに旨みが出るとは思わなかった」

他の女中たちも、汁を回し飲みして驚いている。これなら大丈夫だと、声が上がった。

「おときさん、他にどうしようもないよ。これでいこう！」

年輩の女中にそう言われても、おときはまだ迷っている。吸い物は丁寧に出汁を引くべきという考えから、抜け出せないのだ。

お花だって、よっぽどのことがなければ即席の汁など客に出せない。でも今は、一刻を争う。

「あの、三献目の吸い物を」

ついに、酒肴を運ぶ上女中が戻ってきてしまった。色無垢《いろむく》の裾《すそ》を引いて、板の間に立っている。

さあ、決断のしどきだ。

「残りの椀にも、湯を張っとくれ。柚子《ゆず》の皮も少し削って入れな！」

風味をもう一つ足すことで、己に折り合いをつけたらしい。おときの指示に、女中たちが「はい！」と応じた。

あっという間に仕上がった吸い物を、上女中が運んでゆく。衣擦《きぬず》れの音が遠ざかるにつれ、お花の胸は激しく鼓動を打ちはじめる。

ずいぶん、大それたことをしてしまった。献立に不備があったとき、叱られるのは台所頭のおときなのに。いい案が浮かんだからって、出しゃばりすぎた。

お梅はさっきの吸い物を、即席だと見抜くだろうか。いいや気づいたとしても、べつに怒りはしないはず。今朝だって昆布の佃煮で作った汁を、旨そうに飲んでくれた。花嫁と花婿の縁を結ぶ大事な儀式が、どうかつつがなく終わりますように。祈るような気持ちで、料理の続きに取りかかる。

他の女中たちも、あの吸い物で本当によかったのだろうかと、気が気ではないらしい。それぞれの作業に戻っても、やけに静かだ。鍋釜《なべかま》の煮える音だけが、広い台所に響いている。

「大丈夫さ。アンタはよくやったよ」

お勝だけが、労《ねぎら》うように肩を叩いてくれた。

それからしばらくは、誰も声を発さなかった。だから近づいてくる衣擦れの音は、よく聞こえた。

ハッとして、お花は顔を上げる。女中たちも同じように、板の間を振り返った。

「花嫁は、お色直しに入りました。本膳の準備に取りかかってください」

吸い物を運んでいった上女中が、そう告げる。

式三献の儀は、無事終わったのだ。

肩の力が、ふっと抜ける。女中たちの中には、「ああ、よかった」と天を仰《あお》ぐ者さえいる。

緩みかけた気配を、引き締めたのはおときだ。大きく手を叩き、「まだだよ！」と声を張った。

「これで終わりじゃない。むしろここからが本当の勝負だ。お気張《きば》りな！」

さっきまで我を忘れて取り乱していたのに、もう立ち直っている。

なるほど、ああいう己の失敗を気に病まない人が、ナントカ頭という地位に就《つ》けるのか。

なら、私には無理だな。

そんなことを考えながら、お花は膳部《ぜんぶ》の用意に向けて、襷をきりりと締め直した。

五

高足膳を運ぶときは、料理に息がかからぬよう肘《ひじ》を伸ばし、目八分《めはちぶん》に捧《ささ》げ持つのが礼儀らしい。

上女中たちが恭《うやうや》しく、鯛の尾頭つきが載った三の膳を運び出してゆく。最後の一人を見送ると、今度こそ台所女中たちの箍《たが》が緩んだ。

「はぁ、終わった終わった。くたびれたねぇ」

「明日はちょっとくらい、寝坊さしてもらえないかなぁ」

「まだ、片づけがあるよ。やれやれだねぇ」

おときはもう、咎《とが》めない。それどころか、労いの言葉を口にした。

「みんな、よくやってくれたね。祝儀としてアタシらにも、羊羹《ようかん》が振る舞われてるよ。さっそく切って、いただこうじゃないか」

「やったぁ！」

疲れたときには、甘いもの。女中たちが、文字通り躍り上がる。

そのあとの準備の、早いことといったら。くたびれたと言っていたのも忘れ、てきぱきと羊羹を切り、茶を淹《い》れて、板の間に並べてゆく。

お花とお勝は、後片づけまでは関わらない。そろそろ帰り支度をはじめようかと、襷を解《ほど》く。

するとり垂れ下がった袂《たもと》を、近くにいた女中に摑《つか》まれた。

「なにやってんだい。ほら、アンタも早く」

「えっ、いいんですか？」

「もちろんさ。そっちの姉さんもね」

姉さんと呼ばれ、お勝は気をよくしたようだ。

「いただくよ」と、頷いた。

若旦那の心づくしだという羊羹は、上物だ。しっかり練られて艶《つや》めいており、季節柄、栗《くり》が入っている。

それを分厚く切ったのが、二切れ。板の間に座ったお花とお勝に、「はい」と皿が差し出された。

「ありがとうございます」

「さっきは、お手柄だったね」

「ほんと、一時はどうなることかと思った」

「助かったよ」

女中たちも寛《くつろ》いだ様子で周りに座り、口々にお花を褒めそやす。

嬉しいけれど、頬の内側がこそばゆい。「へへへ」とおかしな笑いかたをしながら、羊羹を口へと運ぶ。

ねっとりとした、上品な甘さだ。これは、疲れが吹き飛ぶ。

「ああ、美味しいねぇ」

「こんなありがたいものはないよ」

甘いものを食べると、気持ちまでほころぶ。そこここに、笑顔の花が咲いている。

おときも膝を崩して座り、一緒に羊羹を食べていた。その眼差しがふいに、お花を捉《とら》える。

「ねぇアンタ、名前はなんといったっけ」

「花、といいます」

そういえば、忙しくて名乗ってすらいなかった。こういうところがいけないのだと、自らを省みる。

「お花さん、ね。これを食べたら、花嫁の様子を見てきちゃどうだい」

「へっ？」

「友達なんだろ。そんな普段着じゃ給仕《きゆうじ》はできないけど、襖《ふすま》の陰からちょっと拝んでいきゃいい」

大好きなお梅の、花嫁姿。ぜひともそれは、見てみたい。

「んもう、おときさんったら。素直に礼を言いなよ」

「そうそう、おたえさんにも謝りな」

「不測の事態が起きると、すぐ取り乱しちまうんだから。悪い癖《くせ》だよ」

女中たちが、あははと笑いながらおときをからかう。

仮にも、台所頭だ。いくら気が緩んでいるからといって、この態度ではまた雷《かみなり》が落ちるのではないか。

内心冷や冷やしていたが、おときは案外素直に頭を下げた。

「そうだね、すまない。またやっちまった。考えてみりゃ、アタシがちゃんと確かめなかったのが悪いんだ」

これは驚いた。きつい人だと思っていたが、おときもそれを自覚しており、周りからの注意を受け入れている。

「お陰様《かげさま》で助かったよ、お花さん。おたえさんも、申し訳なかったね」

謝られたおたえが、慣れた仕草で軽く頭を下げる。悪い人じゃないと言っていたのは、こういうところか。

「おときさんは、そもそも顔が怖いんだよ」

「なんでもかんでも、口にすりゃいいってもんじゃないしね」

「悪かったね、顔は生まれつきだよ」

俵屋の台所方は、緊張が解けると意外にも仲がよさそうだ。

ご新造となるお梅にも、優しくしてくれるといいのだけれど。

隣に座るお勝が顔を寄せてきて、耳元にこう囁《ささや》いた。

「あの台所頭、たぶんお梅ちゃんと馬が合うよ」


俵屋の屋敷は広すぎて、一人で歩くとたちまち迷子になりそうだ。

台所は店と母屋のちょうど真ん中にあったらしく、お花はさらに奥へと案内される。

先に立つのは女中のおたえ。その背中を追って、濡《ぬ》れ縁《えん》を踏んでゆく。

祝宴《しゅくえん》は突き当たりの、庭に面した座敷で催されているらしい。障子《しょうじ》越しに行灯の明かりが揺れており、話し声や笑い声が聞こえてくる。

「どうぞ、こちらへ」

お花は、その手前の部屋へと誘《いざな》われた。おそらく縁側《えんがわ》から中を覗くと、障子に影が映ってしまうからだろう。

火の気のない部屋に入り、足音を忍ばせて、隣との境である襖に取りつく。

おたえが物音を立てぬよう慎重に、襖を薄く開けてくれた。お花は片目をつむり、行灯の明かりが洩《も》れ出る隙間から中を覗く。

ああ、見えた。

花嫁と花婿は、内裏雛《だいりびな》のように並んでいるのかと思いきや。仲人夫婦を挟んではす向かいに座っている。お色直しのあとゆえに、お梅は赤地の小袖に着替えていた。

白無垢姿が見られなかったのは、残念だ。でも白粉を塗った顔に明かりが照り映えて、お梅は夢のように美しかった。

うんと綺麗な、花嫁さんだ——。

気に入っていつも挿していた梅の飾りのびらびら簪は、見当たらない。だってあれは、嫁入り前の娘が挿すものだから。

おめでとう、お梅ちゃん。

仲人の三河屋が、なにか冗談《じょうだん》を言ったのだろう。笑い声が弾け、お梅と若旦那が目を見交《みか》わす。

どういうわけだか、幸せに満ち溢れたその笑顔が、じわりと涙に溶けていった。

帯祝い

一

女主人が屋敷にいるというのは、いいものだ。

お梅《うめ》が嫁してきてから、なにかにつけそう思う。熊吉《くまきち》が奉公に上がったころには、俵屋《たわらや》のお内儀様はすでに儚《はかな》くなっていた。ゆえに奥向きを取り仕切る女主人は、長らく不在であった。

「ほう、石蕗《つわぶき》か」

板の間に活《い》けられた花を眺めていたら、背後にいた留吉《とめきち》が感心したように呟《つぶや》いた。お梅の手になるものだろう。黄色い石蕗の花が、殺風景な板の間に彩りを添えている。

信楽《しがらき》焼の花瓶を使った投げ入れだが、さりげなさの中に品があり、修練の跡が窺《うかが》えた。さすが升川屋《ますかわや》のお志乃《しの》の元に、足繁《あししげ》く通っただけのことはある。

「客座敷ならともかく、こんな奉公人しかうろつかない所にまで、花を飾ってくれるなんて」

「ご新造《しんぞう》様は、優しい方だよなぁ」

「こないだ縁側でたまたまお見かけしたけど、『いつもご苦労様』と笑いかけてくれたよ」

小僧たちも、生け花に気づいて騒ぎだした。奉公人が飯を食うだけの板の間で、花など目にしたことはついぞなかった。

女中への気遣いも細やからしく、奉公人の間でお梅の評判は鰻登《うなぎのぼ》りである。ただ初々しいご新造様は、女っ気に乏しいお店《たな》の者には目に毒だ。奥座敷にいるお梅を見かけることはめったにないが、たまに会えただけでのぼせ上がってしまう。

「綺麗《きれい》だなぁ」

「ご新造様の白い指が、この花に触れたのか」

今もあらぬほうへと、妄想が広がっている。これはいかんと、熊吉は手を叩《たた》き合わせた。

「そうか、お前たちはそんなに花が好きか。なら石蕗の根を乾かしたものを、なんというか知ってるよな？」

小僧たちが、揃《そろ》って「うっ！」と息を詰める。その様子に留吉も、にやりと笑って煽《あお》り立ててきた。

「おいおい、嘘《うそ》だろ。食あたりや下痢《げり》に効く生薬《きぐすり》だぞ。答えられねぇんなら、朝飯抜きだ」

箱膳《はこぜん》を並べて、飯にありつこうとしていたところだった。今朝のお菜は、芋の煮ころばし。たんまりと煮て、鍋《なべ》のまま置かれている。

物欲しげに鍋のほうを見ているが、小僧たちはやはり答えられない。やれやれと、熊吉は首をすくめた。

「正解は、橐吾《たくご》だ。ちなみに春先の柔らかい葉と茎は食える。食い意地が張ってんなら、覚えときな」

「はい」

さっきまでの、浮かれた気分はどこへやら。小僧たちは、しょんぼりと背中を丸める。棚から出した箱膳を、片づけようというのだろう。うなだれたまま、立ち上がった。

「おい、なにやってんだ。飯は食ってけ」

「でも――」

「朝飯抜きってのは、留吉さんの冗談だ」

そう言ってやると、小僧たちは留吉の顔色を窺いつつ、箱膳をそろりと床に下ろした。

　飯やお菜をよそうのは、年季の長い順である。熊吉の番が回ってきたので、無駄話はここまでと割り切った。

　茶碗《ちゃわん》にこんもりと飯を盛り、箱膳の前に座り直す。先に食べはじめていた留吉が、ヘンと鼻を鳴らした。

「お優しいこって」

「朝飯を抜いて、仕事に障りが出ちゃ困るでしょう」

　そうでなくとも育ち盛りの小僧たちは、常に腹を空《す》かせている。三食しっかり食べておかないと、腹の虫がうるさくってしょうがない。

　そもそも留吉は、小僧たちと同じく俵屋の一奉公人だ。飯抜きを決める権限など、はなから持ち合わせてはいなかった。

「しかしあいつら、弛《たる》んでるな。稾吾も答えられねぇとは」

　ずずずずと、留吉が麩《ふ》の浮いた味噌汁《みそしる》を啜《すす》る。その意見には、熊吉も頷《うなず》かざるを得ない。

　薬種問屋の奉公人には、覚えるべきことが多い。寝る間も惜しんで知識を詰め込まなければ、手代《てだい》にも上がれず振り落とされる。

熊吉も同輩と切磋琢磨《せっさたくま》し合って覚えたものだが、今の小僧たちはどうも呑気《のんき》だ。先だっても槖吾の服用のしかたを、質問してはこなかった。

もっと系統立てて、学ばせてやりてぇんだけどな。

このままでは近いうちに、落ちこぼれが出てしまう。泣きながら俵屋から去ってゆく小僧を、またも見送る羽目になるのか。

因果なもんだと思いつつ、熊吉は芋の煮ころばしを丸ごと頬張《ほおば》った。


「熊吉、ちょっと」

朝餉《あさげ》を終えて行商箪笥《たんす》の中身を整理していたら、背後から呼びかけられた。

熊吉は、声の主を振り仰ぐ。近ごろやけに血色のいいお人が、まろやかな笑みを浮かべている。

「なんでしょう、わ——旦那様《だんなさま》」

危ない。つい癖で、若旦那様と呼びそうになってしまった。

俵屋にはもう、「若旦那様」はいない。妻帯したのを機に、代替わりをしたのだ。

ゆえに若旦那様は、旦那様に。旦那様は、大旦那様になった。

油断すると、呼び間違える。気をつけねばと、熊吉は衿《えり》を正した。

「お前は昼から、大旦那様のお供だろう」

「はい、そのように仰せつかっております」

神無月《かんなづき》十九日、戌《いぬ》の日である。

『ぜんや』のお妙《たえ》が妊娠五月目《いつつきめ》となり、今日はじめて腹帯を巻く。そんなめでたい帯祝いに、馴染《なじ》みの旦那衆が満を持して集まるという。

お妙の懐妊を知ってから、とにかく祝いたくてたまらなかったお方たちだ。手に手に祝いの品を持って、駆けつけることだろう。

俵屋からは、極上の白砂糖を用意している。

『ぜんや』が今の場所に再建された際にも、祝儀として白砂糖を持っていった。あのときは「お願いしたのは仕入れの品です」と、只次郎《ただじろう》に突き返されたっけ。

此度《こたび》はさすがに、受け取ってもらえるだろう。算盤《そろばん》を弾《はじ》くのが得意な只次郎だって、浮かれきっているはずだ。

「お妙さんには世話になったから、私もお祝いに駆けつけたいところだけど。そこはまぁ、大旦那様に譲らないとね」

お梅を俵屋に迎えられたのは、お妙とその料理が縁を取り持ってくれたから。二人で飯を食べていたあの期間がなければ、縁談は調わなかったかもしれない。

若夫婦にとっては、大恩人。しかし大旦那様のほうが、お妙との縁も思い入れも強い。祝宴への参加を息子に譲って、留守番に甘んじるわけがなかった。

「それでも、祝儀としてあれだけは持っていってほしいとね。お、お梅が、言うものだから」

旦那様は新妻の名を、はにかみながら口にした。幸せそうなのはなによりだが、そこで照れられると、聞いているほうも恥ずかしくなる。

気まずさを嚙《か》み殺し、熊吉は「はぁ」と相槌《あいづち》を打つ。

「海馬《かいば》を紙に包んで、持っていってくれないかな」

頰に面映ゆさを残しつつ、旦那様はそう言った。

海馬すなわち、竜《たつ》の落とし子である。生薬の一種ゆえ、俵屋の薬簞笥に常備されてはいるのだが。

「どうしてまた」

お梅には、生薬の知識はないはずだ。なにを思って、海馬を持っていけなどと言うのだろう。

「安産の、お守りになるそうだ」

なんでも海馬を手に握らせて出産に臨めば、子はするりと生まれ出てくるという。

そんなことを、いつ、誰《だれ》が言いだしたのか。そしてなぜ海馬なのか。さっぱり分からないが、まじないとはそういうもの。ご新造様が持っていけと言うなら、断る道理はない。

「はい、かしこまりました」と、熊吉は頷いた。

昼からは『ぜんや』に赴くため、仕事は朝のうちに片づけてしまわねばならない。得意先を巡りながら、熊吉はほとんど駆け足で移動してゆく。小雪《しょうせつ》を過ぎ、木枯らしの吹く季節となったが、走り回るにはよい気候だ。ぽかぽかと、腹の底から温《ぬく》まってくる。

さて、時刻は昼四つ半（午前十一時）というところ。次の客が最後だ。といっても、家を訪ねるわけではない。熊吉はあらかじめ約束をしておいた、神田《かんだ》明神《みょうじん》門前の茶屋へと赴く。

小高い丘を登ってゆくと、目当ての茶屋の店先に、待ち合わせ相手の姿を見つけた。先方も、熊吉に気づいたらしい。縁台に腰掛けたまま、「よぉ」と右手を上げてみせた。

着流しに羽織姿の、二本差し。元吟味《ぎんみ》方《かた》与力《よりき》の、柳井《やない》様である。

その隣には、武家風の若い女。「お待たせをいたしまして」と詫《わ》びる熊吉に、目礼を返してきた。

「うちの嫁だ。名は、お香《こう》という」

武士らしからぬ柳井様が、隣に座れと縁台を叩く。その前に熊吉は、お香に向かって深く頭を下げた。

「奥方様、わざわざお運びいただきまして、ありがとうございます」

名を教えられたところで、呼べるような身分ではない。かしこまる熊吉に、お香はふっと微笑《ほほえ》みかけた。

「いいえ。お舅《しゅうと》様からは、わたくしのためと伺っております」

前もって聞いていた評判どおり、気立てのよさそうなお方である。控えめな笑顔には、そのへんの裏店《うらだな》では見かけない奥床《おくゆか》しさが感じられた。

なるほどこれは、柳井様も庇《かば》ってやりたくなるはずだ。子ができなくとも、実家に帰したくはないだろう。

しかし武家にとって、子は大事な跡取り。親類縁者から養子をもらうという手があるにせよ、できれば実子に継がせたいのが人情である。お香だって、己を石女《うまずめ》と責めて過ごすのはつらいはずだ。

息子夫婦の助けになればと、柳井様は熊吉から龍気養生丹《りゅうきようじょうたん》を買っている。効き目のほどは、子沢山の公方様《くぼうさま》を見れば分かること。その効力を信じ、ご子息も励んでいるらしいのだが。

男の精力ばかりが強くなっても、子ができるとはかぎらない。子を育《はぐく》む女の体こそ、整えてやらなければ。

「さっそくですが、お脈を拝見しても？」

行商箪笥を足元に下ろし、膝《ひざ》をついてしゃがみ込む。お香は素直に、右の手を差し出してきた。

「失礼します」

ひと言ことわって、脈を読む。規則正しく打ってはいるが、やや弱い。握った手が冷たいのも、気がかりである。

「ありがとうございます」

礼を述べて手を離し、今度こそ柳井様の隣に腰掛けた。

茶店の婆《ばあ》さんが運んできた茶を、申し訳程度に啜る。その隙《すき》に柳井様が、「お香、あれを」と、嫁の肩をつついて促した。

「はい」

頷いてお香が懐《ふところ》から取り出したのは、一枚の紙だ。熊吉はそれを、恭《うやうや》しく受け取った。

跡取りができない女たちの悩みに、寄り添いたい。そのためには、龍気養生丹の販路を広げるだけでは片落ちである。熊吉は、女のほうにも薬を処方してはどうかと考えた。

しかし女の体は、男より複雑だ。どういった薬が合うのか、見定める必要がある。そこでいくつかの質問を紙に書き、柳井様に渡しておいた。その回答が、お香から戻ってきたのである。

熊吉はざっと、戻ってきた紙に目を通す。月のものは滞りなくきており、量は特に多いわけでも、少なくもない。冬は手足の冷えがつらく、夜間に目が覚めて厠《かわや》に立つことがよくあるようだ。足もむくみやすく、冷えると腰が痛むという。

このようなことはなかなか聞きづらいし、お香も答えづらかろう。文字でのやり取りならば、お互いそこまで恥ずかしくはない。

「もしかすると、腎が弱っているのかもしれませんね」

腎とは腎臓のみならず、膀胱《ぼうこう》や生殖器を含めた機能の総称だ。まずは体を温めて、腎を補ってやる必要がある。

「八味地黄丸《はちみじおうがん》を試してみましょうか。一日三回、食間に服用してください」

熊吉は行商簞笥から、丸薬の包みを取り出した。「腎気丸《じんきがん》」の別名があり、古くから腎虚《じんきょ》に用いられてきた薬である。

「これで駄目でも、諦《あきら》めないように。薬は他にも、種類があります」

「はい、ありがとうございます」

柳井様に相談し、女たちへの薬の処方は、ひとまずお香で試させてもらうことになった。お香もそれを承知の上で、つき合ってくれている。はじめて会う熊吉を信用しているのかいないのか、藁《わら》にでもすがりたい気持ちなのだろう。

「助かるよ。医者に診せたこともあるんだが、いつも葛根湯《かっこんとう》しか出しやがらなくてな」

葛根湯は、主に風邪薬《かぜぐすり》として知られている。体を温める作用があるため、肩凝りなども和らげる。

しかし薬効が幅広いために、どんな病気にも葛根湯を処方してしまう藪《やぶ》医者がいる。そういう輩《やから》を俗に、葛根湯医者という。

「近ごろじゃ、霊験あらたかな神社を巡ってもいるんだけどな。神様ってのは耳が遠いのか、なかなか聞き入れてもらえねぇよ」

そして困ったときの、神頼み。

柳井様はさほど信心深くはなさそうだが、子宝だけは、人智《じんち》を超えた授かり物。医者が駄目なら、神仏に頼るしかない。

そうやって思い詰めた女たちが、加持祈禱《かじきとう》と称して美僧を取り揃えた寺を訪ねるのだろう。世の中は、人の悩みを糧に美酒を啜るならず者であふれている。

「それでは薬を飲み終えたころに、また」

生薬は体にじわじわと効いてくるから、飲み続けることが肝要だ。次の約束を取りつけて、熊吉は柳井様とお香を見送った。

二

大旦那様と二人きりになるのは、まだ気まずい。

岡場所《おかばしょ》に出入りしていた廉《かど》で得意先を減らされてからは、前ほど口をきいてくれなくなった。お供として出かけるのも、久し振りのことである。

前をゆく大旦那様は、熊吉を顧みようとはしない。下谷御成《したやおなり》街道を、まっすぐ北へと進んでゆく。

頑《かたく》なな後ろ姿に、こちらからも声をかけることはできない。荷物を持って、ただ後ろに続くのみである。

それでも旦那様が熊吉を供にと名指ししたのは、他でもない、お妙の帯祝いだからだ。

熊吉は幼いころからお妙を母のように慕い、淡い憧《あこが》れを抱いてもいた。ふた親はとうに亡く、藪入りに帰る先も『ぜんや』である。そんなお妙が懐妊し、無事帯祝いを迎えるのだ。このめでたい日に熊吉も同席させてやろうという、大旦那様の優しさである。

真意を語ってはくれないが、熊吉は勝手に真心を感じ、噛みしめる。帰りにでも礼を言いたいが、はたしてその隙はあるだろうか。

酒を飲んだあとが、狙《ねら》い目かな。

酔っ払って気持ちが大きくなっているところにつけ込もうと、算段をつけた。

ひと言も言葉を交わさぬまま、ふと気づけば神田花房町《はなぶさちょう》代地。『ぜんや』の表戸には、貼《は》り紙がしてあった。

『本日貸し切り』

熊吉が先に立ち、遠慮なく引き戸を開ける。

「おっ、来たか！」

大旦那様が最後だったらしい。小上がりには、お馴染みの顔が揃っている。

それよりも先に、目に飛び込んできたのは酒樽《さかだる》だ。

升川屋からの祝儀だろう。熨斗《のし》のついた酒樽が、土間にうずたかく積まれている。

その高さは、熊吉の身丈を超えるほど。

「うわぁ」

圧倒されて、我知らず呟《つぶや》きが洩《も》れていた。

「いいじゃねぇか。居酒屋なんだから、酒なんざいくらあっても構わねぇだろ」

下り酒問屋の升川屋喜兵衛《きへえ》が、小上がりにふんぞり返って呵々《かか》と笑う。

決して広くはない土間の一角が、酒樽で塞《ふさ》がっているのだが。「飲めばどうせ減る」と、豪快に言い放った。

「それよりも、ご隠居だ。白木綿《しろもめん》は、すでに贈ったんじゃないんですかい」

升川屋が、後ろに向かって首を捻《ひね》る。そこにはやはり、寿印の懸け紙に包まれた木綿布や、綿《わた》が積み上げられている。

「さて、なんのことでしょう」

太物《ふともの》問屋菱屋《ひしや》のご隠居は、素知らぬ顔。自分のことを棚に上げて、隣に座る三河屋《みかわや》の膝に手を置いた。

「そんなことを言いだしたら、三河屋さんだって、ねぇ」

三河屋は味噌《みそ》問屋。だが見たところ、店内に味噌樽はない。

熊吉が周りを見回していると、ご隠居は口元に手を添えて、告げ口をするようにこう言った。

「隣の『春告堂《しゅんこくどう》』に、たんまり運び込んであるんですよ。米味噌、麦味噌、豆味噌と、様々に取り揃えてね」

お妙に悪阻《つわり》が残っていれば、むせ返るような味噌のにおいで気分が悪くなるかもしれない。そんなわけで、『春告堂』の一階が味噌樽置き場になったらしい。

「味噌だって、いくらでも使うでしょう。子を産んだあとは、味噌漬けを食べる習わしもあるんだから」

産後すぐの女は体力の回復のため、味噌漬けや焼き塩を口にする。つまり三河屋は、味噌は役に立つと言いたいのだ。

「お気持ちはありがたいけどさ、量を考えろって話だよ。朝っぱらから大八車がひっきりなしに来ちゃ、驚くじゃないか」

ちろりを手に酒の用意をしていたお勝《かつ》が、振り返って文句をつける。次から次へと届く祝儀で、『ぜんや』は大忙しだったらしい。

「まったく、三文字屋《みもじや》さんの慎み深さを見習ってほしいもんだよ」

お勝の発言を受けて、旦那衆の視線が三文字屋に集まった。

「いやはや」と、三文字屋は鼻の横のホクロをひくりと動かす。

「皆さんと違って、うちは嵩張《かさば》るものを扱っておりませんから」

三文字屋は、白粉《おしろい》問屋だ。他にも紅や化粧水などを扱っており、たしかにどれも嵩張らない。しかし帯祝いに贈るには、的外れな品である。

「いったい、なにを祝儀に?」

ご隠居が、訝《いぶか》しげに身を乗り出した。

三文字屋が答える前に、二階へと続く階段がぎしりと軋《きし》む。目を向けてみると、暖《の》簾《れん》を分けてお妙が顔を覗《のぞ》かせた。

「軟膏《なんこう》ですよ」

にこやかに、そう答える。

「お妙さん!」

主役の登場に、旦那衆が色めき立った。お妙の背後には、お花《はな》が控えている。

「お腹《なか》が大きくなってゆくと、皮膚がひび割れますからね。それを防ぐために、軟膏をいただきました」

「はぁ、なるほど。その手があったか」

感心したように、升川屋が己の膝を叩く。

「ちなみに、お志乃さんのときも差し上げましたよ」

「へっ、本当に？　そりゃあどうも」

大雑把な升川屋は、お志乃の祝儀のことはすっかり忘れていたようだ。三文字屋に向かって、ぺこぺこと頭を下げる。

鷹揚《おうよう》な三文字屋は唇をすぼめてホホホと笑い、お妙の腹部に目を遣《や》った。

「でもお妙さんのお腹は、まだ目立ちませんね」

お妙の着物の着こなしは、いつもどおり。帯の位置も変わっていない。

「こうすれば、少しは分かるでしょうか」

くるりと横を向き、お妙は下腹部を撫《な》でつけるように押さえる。そうすると、腹の出っ張りが際立った。

「ああ、本当だ。腹帯はもう巻いているので？」

「ええ、お勝ねえさんが巻いてくれました」

腹帯は、妊婦の親族から贈られることが多い。血が繋《つな》がっているわけではないが、お勝はお妙の前夫の姉。しかも子を二人産み育て、孫までいる古強者《ふるつわもの》だ。傍《そば》にいてこれほど心強い存在は、他にいまい。

「立っていないで、こちらにどうぞ。体の具合は、いかがですか」

大旦那様が、お妙に座るよう促す。「どうぞどうぞ」と尻《しり》をずらして菱屋のご隠居が間を空け、お妙はひとまずそこに落ち着いた。

「お陰様で。人参湯《にんじんとう》が効いたのか、悪阻はだいぶよくなりました」

「それはよかった。五月目ですからね、そろそろ治まる頃合《ころあ》いでもあったんでしょう」

一時は頬がやつれ、この世の者ならざる凄《すご》みを放っていたお妙だが、今はだいぶ顔色がいい。瞳《ひとみ》にも力が戻り、見ているほうも安心だ。これならうっかり死神に、連れて行かれることもないだろう。

「熊吉、あれを」

呼びかけられて、土間に控えていた熊吉は一歩前に出る。手にしていた風呂敷包みを解《と》いて、出てきた桐箱《きりばこ》を小上がりに置いた。

「こちらは、俵屋からの祝儀です」

桐箱にはさらに壺《つぼ》が入っており、中身は極上の白砂糖だ。

「なんかこういうの、前にもあったたな」

「ええ、覚えがあります」

他の旦那衆も思い出したらしく、ひそひそと耳打ちをし合っている。

ここに越してきた当時の懐かしい光景を、お妙も思い出したのだろう。くすくすと笑いながら、頭を下げた。

「ありがとうございます。頂戴《ちようだい》します」

よかった、今度は受け取ってもらえた。

桐箱の傍らには、水引《みずひき》をかけた紙包み。「そちらは?」とご隠居に聞かれ、大旦那様の代わりに熊吉が答えた。

「海馬です。ご新造様から、お妙さんへと承りました」

「あら、嬉《うれ》しい。安産のお守りですね」

女たちの間では、常識なのだろうか。お妙は海馬の使い道を知っていた。

「海馬?　ああ、竜の落とし子ですか」

「うわ、おかしな顔をしてやがる」

包みから出てきた海馬は、生薬ゆえカラカラに乾いている。

大きさは五寸ほど。長い口も、節くれ立った体も、くるんと巻いた尾も、他の海の生き物とは似ていない。竜が産み落とした子という名が、しっくりくる見た目である。

「なぜこれが、安産のお守りに？」

熊吉が抱いたのと同じ疑問を、口にしたのは三河屋だ。

「ああ、それはですね」

物知りなお妙は、そのわけも知っていた。

「海馬は不思議な生き物なんです。なんでも雄《おす》のお腹に子を育てるための袋があって、その中で雌《めす》が産みつけた卵を孵《かえ》すらしいですよ」

「じゃあまるで、雄の腹から子が生まれたように見えるわけだね」

「そうです。お腹からするすると子が出てきますから、安産のお守りというわけです」

世の中には、おかしな生き物がいるものだ。海馬が安産のお守りになった理由までは、お梅も知らなかっただろう。

「そういやお志乃も握ってたが、そんなわけがあったのか」

升川屋も、感心したように顎《あご》をさすっている。

「それ、私も見てみたい」

いつの間に土間に下りたのか、お花が旦那衆のために、取り皿や箸《はし》を運んできた。小上がりの縁《へり》に膝をつき、噂《うわさ》の海馬を覗き込む。

「変な形。これは雄なの、それとも雌？」

「さぁ、どっちだろうな」

問われても、熊吉には雌雄の見分けかたが分からない。大旦那様も、特に気にしたことはないという。

「でも偉いね、雄も子育てをするなんて」

「本当ですねぇ。それに引き替え、お花ちゃんのお父《とっ》つぁんは、お妙さんを放《ほ》っぽってなにをしているんです？」

大旦那様の、おっしゃるとおり。さっきから只次郎の姿が見えない。海馬の雄の、爪《つめ》の垢《あか》でも煎《せん》じて飲ませてやろうか。もっとも、爪などないかもしれないけれど。

「お父つぁんは、〆鳥《しめどり》屋」

「〆鳥？」

それは意外。熊吉は、首を傾《かし》げて問い返す。

鶯《うぐいす》の鳴きつけをしている只次郎が鳥屋に赴くのは、なにも珍しいことではない。しかし鳥屋といっても、飼い鳥屋。肉を売るほうの〆鳥屋ではない。

そういえば本日の祝宴は、どんな料理を囲む会なのか。旦那衆が一堂に会するときは、鰻づくしだの蛸《たこ》づくしだの、趣向はある程度固まっている。だが今日は、なにも聞かされていなかった。

〆鳥屋ということは――。

頭の中で答えを導きだそうとした、そのとき。狙い澄ましたかのように、表の戸が勢いよく開いた。

「ただいま戻りました。手間のないよう、一羽丸ごと捌《さば》いてもらいましたよ」

ほくほく顔で入ってきたのは、只次郎だ。大事そうに、蓋《ふた》のついた木桶《きおけ》を胸に抱えている。

燗《かん》のついたちろりを運んできたお勝が、熊吉を見上げて「おや」と笑った。

「聞いてなかったのかい。今日は軍鶏鍋《しゃもなべ》だよ」

三

小上がりに七厘《しちりん》と、底の平らな鉄鍋が運び込まれる。

そういえば、明日は二の亥《い》。火鉢や炬燵《こたつ》を出す日である。

一日違いでも、肌寒さは変わらない。火の気が近くにあるのは、ありがたい。

「熊ちゃん、これお願い」

手持ち無沙汰《ぶさた》で給仕の手伝いをすることにした熊吉に、お花が大皿を託してくる。盛られているのは、艶々《つやつや》とした軍鶏の肉。それから葱《ねぎ》と、笹掻《ささが》きの牛蒡《ごぼう》、春菊である。

持ち重りのする皿を小上がりに置くと、旦那衆から「おおっ!」と歓声が上がった。

「じゃあ、ご用意しますね」

あたりまえのように、お妙が菜箸を手に取る。只次郎が、制するようにその手を握った。

「駄目ですよ、お妙さん。鍋の面倒は私が見ます」

「でも、このくらいは」

「いいんです。出来上がるのを待っていてください」

お妙が身籠《みご》もってからというもの、只次郎のお節介が止まらない。さっきも調理場に入ろうとしたお妙を、「主役なんですから」と止めていた。

大事な体を気遣って、あれは駄目、それはいけないと口を出す。心配なのは分かるが、行きすぎではないかと感じるときがある。

まさに、今だ。悪阻が楽になってきたのもあり、自分でできることはやりたいのだろう。菜箸を取り上げられて、お妙は少し不満そうだ。

只次郎は、恨みがましい視線に気づかない。「お任せください」と胸を張り、鉄鍋に水、醤油《しょうゆ》、酒、味醂《みりん》を入れて、火にかけた。

その汁がぐつぐつと泡立つのを待ってから、軍鶏の肉を入れてゆく。

「焦っては駄目ですよ。鶏の肉は、しっかり火を通さなきゃいけませんからね」

したり顔でそんなことを言い、只次郎は皆の顔を見回した。旦那衆の目は、鉄鍋に釘《くぎ》づけである。

「ああ、いいにおいがしてきました。待ち遠しいですねぇ」

「こりゃあ、腹が減ってたまらねぇ」

涎《よだれ》を拭《ぬぐ》うふりをしているのは、升川屋だ。お勝が「はいはい」と、折敷《おしき》を運んでくる。

「鍋が煮えるまでの間、これでも食べてな」

そう言って並べられた突き出しは、大根と柿《かき》の膾《なます》に、菠薐草《ほうれんそう》の浸し物。それから豆腐料理らしい一品である。

「なんです、これは」

ご隠居に尋ねられ、お勝はお花を手招きした。

「薯蕷《いも》かけ豆腐です」

調理場から出てきたお花は、前掛けで手を拭いながらそう答えた。

饂飩《うどん》よりやや太めに切った豆腐を葛湯《くずゆ》で煮て、その上から、山芋のとろろを入れてふんわりさせた澄まし汁をかけたそうだ。仕上げにぱらりと、青海苔《あおのり》を散らしてある。

「おっ母《か》さんの調子が今ひとつでも、これなら食べられると思って」

お妙の具合は、日によって違う。もしものときを考えて、口当たりのいいものを用意しておいたのだろう。

しかも山芋は、滋養に富む。愛娘《まなむすめ》の心尽くしに、お妙が「ありがとう」と顔をほころばせた。

「お花ちゃんも、ずいぶんしっかりしてきましたね。俵屋さんの祝言でも、いい働きをしたそうじゃないですか」

「ええ、それはもう。お梅さんも喜んでいましたよ」

ご隠居がちろりを取り上げて、大旦那様に酒を注《つ》ぐ。己のことに話題が及び、お花が照れたように身を捩《よじ》った。

「台所女中とも、打ち解けていたと聞いています」

熊吉も、女中のおたえから聞かされた。なんでも式三献《しきさんこん》の吸い物を作り忘れていたが、お花の機転により助けられたという。

大店《おおだな》の台所という慣れない場所で、そんな振る舞いができるとは。言いかたのきつい台所頭も手放しに褒めており、熊吉は二重に驚いた。

「みんな、元気？」

「ええ、もちろん。お梅さんとも、うまくやっているようですよ」

「よかった」

お花がほっと、胸を撫で下ろす。その横顔が大人びて見えて、ふいにどきりとさせられる。

「ところで俵屋さん、隠居したって本当に？」

三文字屋が話題を変えてくれたお陰で、救われた。熊吉はお花の横顔から、視線を引き剝《は》がす。粛然と盃《さかずき》を傾けている、大日那様に顔を向けた。

「ええ、私もついに楽隠居ですよ」

「ほほう。ならあとは、孫ですな！」

酒気を帯びて顔をさらに赤くした三河屋が、大きな声を上げて笑う。

そうは言っても、若夫婦は先月祝言を挙げたばかり。

「さすがに気が早いよ」と、お勝がたしなめた。

「だけど、大事なことだろう」

納得がいかないとばかりに、三河屋が口を尖《とが》らせる。

大店に嫁いだばかりで、周りに馴染むだけでも大変だろうに。お梅はすでに、子を待ち望まれている。

今ならまだ「気が早い」と言ってもらえるが、これが一年経《た》ち、二年経てばどうだろう。跡継ぎ問題は、俵屋の若夫婦にとっても無縁ではない。

商家ゆえ、武家のように「男を産め」という重圧はなかろうが。それでもできれば、跡継ぎとなる男子がほしいはずだ。

「まぁそれは、おいおいに」

大旦那様は、どう思っているのだろう。腹の底は見せず、穏やかに微笑んでいる。

「焦ることはないですよ。うちなんかは、甥《おい》を養子にしておりますし」

いざとなればそういう道もあると、三文字屋は言う。旦那衆の中でただ一人、妻帯していないお人である。

「いやぁ、でもやっぱり、孫の可愛《かわい》さは格別なんだよ」

三河屋が、感に堪《た》えぬというように首を振った。

そういえば両国《りょうごく》の出店を任せている娘夫婦に、先日三人目が生まれたのだったか。すっかり好々爺《こうこうや》の顔をしている。

あとは孫だと大旦那様をせっつくのも、孫自慢がしたいだけかもしれない。上の二人が女で、やっと男が生まれたから、嬉しくてたまらないのだろう。

「今はそりゃあ、可愛いでしょう。でもそこそこ大きくなると、小遣いをせびる以外は口をきいてくれなくなりますよ」

浮かれきっている三河屋に、冷や水を浴びせたのはご隠居だ。

「なな、なんてことを言うんです」

「分かる分かる、俺《おれ》もガキのときはそうだった」

三河屋の狼狽《ろうばい》ぶりを見て、升川屋がからからと笑う。

「ならきっと千寿《せんじゅ》だって、もう少し大きくなれば、親父《おやじ》なんかと口をきかなくなりますよ！」

「ああ――」

やり返されて、升川屋は明後日《あさって》の方角に目を遣《や》った。

若いころは家業を嫌い、蕎麦《そば》打ち職人をしていたくらいだ。我が身を振り返ると、思い当たる節はいくらでもあるのだろう。

「まぁ、大丈夫だ。あいつは俺に似てねぇからな」

だがすぐに、思い直した。おっしゃるとおり心延《こころば》えのめでたい千寿が、蕎麦屋に弟子入りするようなことはあるまい。

「あのぉ、そろそろ食べごろなんですが」

雑談が盛り上がり、鍋のことを忘れかけていた。具材を入れてまめまめしく世話をしていた只次郎が、恨めしげに呼びかけてくる。

「ああ、できましたか」

「ヨッ、待ってました！」

とっさに旦那衆が、調子を合わせた。こうした器用さが、大店の主《あるじ》には必要なのだろう。

あたりには、醬油の煮える香ばしいにおいが漂っている。鍋の中では軍鶏の肉はもちろん、葱や牛蒡もくたりとなって、琥珀《こはく》色に輝いていた。

鍋に春菊を加え、もうひと煮立ち。ほどよいところで只次郎が菜箸を玉杓子《たまじゃくし》に持ち替えて、取り分けてゆく。

「ほらほら、お勝さんに、お花ちゃんも。座って食べましょう」

せっかくの祝い事だ。給仕はもういいからと、二人を小上がりに招く。

「熊吉、お前も相伴に与《あずか》りなさい」

大旦那様からも、許可が出た。しかし熊吉は、あくまでお供だ。小上がりの輪に交じることなく、床几《しょうぎ》に掛ける。

「熊ちゃんがこっちなら、じゃあ私も」

一人で食べるのを哀れと思ったか、お花が自分の皿を手に、隣に並んだ。

近くで見ると、着物の衿から覗くうなじがやけに艶《なま》めかしい。熊吉は尻を浮かせ、少しばかり横にずれた。

「なんで逃げるの」

「皿を置く場所がいるだろうが」

そういうことに、しておこう。うっかり見とれそうになるからとは、口が裂けても言えなかった。

「おお、こりゃあ旨《うめ》ぇ！」

「やっぱり軍鶏は、歯応《はごた》えがいいですね」

小上がりからは、早くも舌鼓が聞こえてくる。それにつられ、熊吉の腹も鳴る。

色気より、食い気だ。

己にそう言い聞かせ、箸を取る。まずは、味が気になっていた薯蕷かけ豆腐から。饂飩のように切られた豆腐を、つるつると啜り込む。葛湯で煮られているために、舌触りが滑らかだ。山芋がそこにふわりと絡み、食感の違いが面白い。濃いめに味つけされた出汁《だし》が、両者をうまく繋いでいる。

「うん、旨い。好きな味だな」

「本当？」

褒め言葉に、お花が顔を輝かせる。

小上がりでも、お妙がちょうど薯蕷かけ豆腐を食べている。箸が進んでいるようだ。豆腐と山芋は、腹の子にもよい滋養である。

続いて熊吉は、こっくり煮られた軍鶏に箸をつける。

普通の鶏肉《とりにく》とは違い、歯を立てると押し返すような弾力がある。かといって、硬すぎるわけでもない。嚙みしめるごとに肉の旨みが、じわりじわりと染み出てくる。

「はぁ、これは」

たまらず熊吉は、天を仰いだ。

「軍鶏って、はじめて食べた」

「オイラだって、数えるほどしか食ったことねぇよ」

めったに口に入らないご馳走《ちそう》である。お花と共に、ひと口ずつ味わって食べる。

葱と牛蒡もまた、軍鶏の旨みを吸い込んで、すこぶる美味だ。春菊のほのかな苦みが、口をさっぱりさせてくれるのもいい。

「若いお二人、お代わりは？」

只次郎が、小上がりから問いかけてくる。己の立場も忘れ、熊吉は器を差し出していた。

「お妙さんも、食べてくださいよ」

「でもまだ、味の濃いものはあまり――」

「ひと切れだけでも、ねっ。体力がつきますから」

只次郎はお妙にも、しつこいほど勧めている。おそらくは、お妙に食べさせたくて買った軍鶏だ。腹の子の成長のためにも、食べてもらいたいのだろう。

「じゃあ、少しだけ」

根負けして、お妙が軍鶏を食べはじめた。只次郎は、その様子を満足げに眺めている。

「あ、いけない」

唐突に、隣にいたお花が立ち上がった。調理場から、もうもうと湯気が上がっている。

湯気の出所は、蒸籠《せいろ》だ。下駄の音も高らかに駆け寄って、お花はその蓋を取った。

「大丈夫？」

お妙が心配そうに首を伸ばす。蒸し布を開き、お花は「うん」と頷いた。

「ちょうどよさそう。お赤飯を蒸していたの」

赤飯は、祝いの席に欠かせない。旦那衆からも、「いいですねぇ」と声が上がる。

だがどういうわけだか、只次郎だけがわずかに眉《まゆ》をひそめた。

「えっ。まさか、小豆《あずき》を使ってないよね」

「うん、大角豆《ささげ》だけど」

なぜそんなことを、聞くのだろう。答えるお花も不思議そうだ。

「小豆だと、お腹が割れると言いたいんでしょう。心配しなくても、お赤飯のときはいつも大角豆です」

只次郎の懸念を正しく読み取ったのは、お妙だけだった。

小豆と大角豆は、似て非なるもの。皮が柔らかい小豆は、煮ると腹が破けてしまう。それでは縁起が悪いからと、めでたい席に出す赤飯は、大角豆を用いることが多いという。

「たしかにそれは、縁起でもねぇ」

升川屋も、納得したように頷いている。腹の子の健康を祈る帯祝いでは、なおさらだ。

「あっ、もしかして、糯米《もちごめ》を蒸した？」

まだなにかあるのだろうか。只次郎がハッと息を呑《の》み、膝立ちになる。

「おこわにしちゃったけど、駄目なの？」

お花の眉が、みるみるうちに下がってゆく。

赤飯は、糯米を蒸すのが普通ではないのか。熊吉にも、なにがいけないのか分からない。

「駄目だよ。妊婦が鶏肉と同時に糯米を食べると、子の腹に虫が湧《わ》くというよ」

只次郎の言い分に、周りがしんと静まり返る。

しばらくして、ご隠居がやれやれと息をついた。

「なんだ、験担ぎでしたか」

それを合図に、皆口々に騒ぎだす。

「なにごとかと思いましたよ」

「只さんでも、そんな話を信じるんですねぇ」

「ところで、なぜ虫なんでしょう」

ようするに、迷信である。しかし只次郎だけは、割り切れない様子だ。

「だけど、本にちゃんと書いてあって――」

「やめときな、只さん」

そこへ止めに入ったのは、升川屋。先輩面をして、先を続けた。

「俺も、その手の話に踊らされたくちだ。すっぽんを食べると首の短い子が生まれるだの、蟹《かに》を食うと難産になるだの、巷《ちまた》には嘘《うそ》か本当かよく分からねぇ話が溢《あふ》れてる。それでも子の障りになりそうなものは、少しでも避けたいじゃねぇか。そう思ってあれこれ口を出してたら、お志乃に落ち着けと叱《しか》られた。二人目のときは気にせず蟹を食ってたが、むしろ一人目より楽に生まれてきたよ」

来《こ》し方を振り返り、己の過ちを見つめているのか。升川屋の眼差《まなざ》しは、どこか遠くに向けられている。

「そりゃあ、心配なのは分かりますけどねぇ」

「突拍子もない話を、真《ま》に受けないほうがいいですよ」

大旦那様と三文字屋にも窘《たしな》められて、只次郎はしゅんと肩を縮めた。

そもそも迷信など、信じる性質《たち》ではなかろうに。お妙の体を気遣いすぎて、度を失っているとしか思えない。

「その手の話は、私もひとつ知っているんだがね」

三河屋が、居住まいを正して切り出した。まるで怪談話のような出だしである。

「皆さんも、ご存じかもしれないが。雄鶏《おんどり》の肉を雌鶏《めんどり》より多く食べると、妊婦の体が陽性に転じて、男の子が生まれるっていう――」

すべて語り終えぬうちに、全員の視線が軍鶏鍋に集まった。

もうほとんど、残っていない。汁が煮詰まり、軍鶏の肉はすっかり醬油色に染まっている。

「これは、どちらですか?」

「一羽丸ごと捌いてもらったと言っていましたが、きんかんがないですね」

「なら、雄鶏か」

きんかんは雌鶏の体の中に入っている、生まれる前の卵である。

皆の視線が、鍋から只次郎へと移った。

「男の子が、ほしいんですか?」

「いやべつに、そういうわけじゃ――」

お妙に問い詰められて、只次郎はますます身を低くした。

「母子共に健康ならば、どちらでもいいんです。ただ娘はいますから、息子だったらいいなぁ、というくらいのもので」

「呆《あき》れた。やっぱり男の子のほうがいいんじゃないか」

楊枝《ようじ》で歯をせせりながら、お勝がフンと鼻で笑う。

「でも五月目だと、腹の子はもう人の形になってるよ。男女の別も、決まってるはずさ」

胎内十月の図なら、熊吉も目にしたことがある。初月から四月目までの子は、人の形になっていないので、代わりに独鈷《とっこ》などの法具で描き表されている。

だが五月目からは、人の形だ。男の印がついているかどうかは、生まれるまで分からないけれど。

「夫婦ですから、私はあなたの願いや不安に寄り添いますけどね。お花ちゃんがせっかく作ってくれたものを、無下にするようなことは言わないでください」

お妙はどうやら、怒っている。叱りつけられて、只次郎はくしゃりと顔をしかめた。

「すみません」

「謝る相手は、私ではありませんよ」

「お花ちゃん、ごめん。お父つぁんが悪かった」

ついに只次郎は、調理場に向かって土下座せんばかりに頭を下げる。

「べつに、いいんだけども――」

お花は自分のことよりも、ふた親の喧嘩《けんか》に気を取られてあたふたしている。助けを求めるように、旦那衆の顔を見回した。

間に入ったのは、升川屋だ。「まぁまぁ」と、仲を取りなすように手を振った。

「許してやってくれよ、お妙さん。海馬と違って人間の男には、縁起を担ぐことくらいしかできねぇんだからさ」

子を孵すための袋が腹についていれば、只次郎だって迷信に頼らず、己のなすべきことを粛々とこなすだろう。だが実際は、傍で見守ることしかできない。

その立場も案外苦しいものだと、升川屋は言う。

「ああ、私にも覚えがありますねぇ。なにもできないから、妙に焦るんですよ」

「せめて滋養のつくものをと鰻を買って帰ったら、こんなこってりしたものが食えるかと雷を落とされたりなぁ」

「己の無力が、身に染みましたよね。商いに精を出して店を大きくするほうが、よっぽど楽でした」

ご隠居、三河屋、大旦那様と、子のいる三人も続けざまに助け船を出す。父親になったことのある男なら、誰しもが通る道らしい。

「それはまぁ、なんとなく分かりますけども」

旦那衆の援助により、お妙もいくぶん表情を和らげる。

ただ祝儀の受け渡しのときに留守をしていた只次郎は、「海馬?」と呟いて、首を捻るばかりであった。

四

赤飯と胡麻塩《ごましお》ほど、相性のいい取り合わせが思いつかない。

誰がはじめに考えたのか。その人に、礼を言いたいくらいだ。

「旨い、旨い」と言いながら、熊吉は勧められるままに、茶碗に三杯平らげた。

お妙も迷信など問題にせず、喜んで食べていた。只次郎はお花の機嫌を窺って、

「さすがお花ちゃん。これなら『ぜんや』も安泰だ」と、いつもより反応が大袈裟《おおげさ》だった。

肝心のお花は「娘はいる」と言われたことが嬉しかったらしく、案外気にしてはいなかった。

めでたい日は、酒が進む。飯を食べ終えても旦那衆は、糠漬《ぬかづ》けを肴《さかな》に飲んでいる。その間に仕事をしておこうと、熊吉は龍気補養丹《りゅうきほようたん》の減り具合をたしかめて、売り上げ金を回収した。

和やかな気配を断ち切るように、夕七つ（午後四時）の捨て鐘が鳴りはじめる。まるで音が見えるかのように、旦那衆は虚空に視線をさまよわせた。

「もうそんな刻限ですか」

お妙の体調を鑑《かんが》みて、『ぜんや』の営業は夕七つまでとなっている。名残惜しいが、これでお開きだ。

外に出てみると、西に傾いたお天道様が、周りの景色を黄金色に照らしていた。どこから飛ばされてきたのか、色づいた銀杏《いちょう》の葉が足元をよぎってゆく。初冬の風は、空と同じく澄んでいる。

「お気をつけて、お帰りくださいね」

お妙が立って、外まで見送りにきてくれた。

あらためて口にするのは恥ずかしいが、これだけは伝えておかなければ。熊吉は心持ち身を屈《かが》め、お妙の耳元に顔を寄せる。

「あの、今さらなんだけど。本当におめでとう」

「あら」と、お妙は目を見開く。熊吉を振り仰ぐと、幸せにあふれた笑顔をみせた。

「ありがとう、熊ちゃん」

やっぱり少し、照れてしまった。熊吉は頰を搔きながら、声には出さず腹の子にも語りかける。

男でも、女でもいい。お妙さんのこの笑顔が曇らないよう、無事に生まれてきておくれよ。

神田から、日本橋《にほんばし》方面へと歩いてゆく。

神田堀を越えて、しばらく先までは同じ道のりだ。旦那衆のあとについて、熊吉は静かに歩を進める。

「では、我々はここで」

道を逸《そ》れるのは、俵屋が一番早い。他の面々に別れを告げて、本石町《ほんごくちょう》の通りに入る。

二人きりになると、急に気詰まりになった。ごくりと唾《つば》を飲む音が、聞こえたのではないかと思うほどだ。

あと少しで、店に着く。大旦那様が背中を見せたまま話しかけてきたのは、そんな折である。

「聞きましたよ。お前さん、跡取りを望む女たちに合う薬はないかと、模索《もさく》しているそうですね」

いったい誰に聞いたのか。それは考えるまでもない。新しい試みは、旦那様にしか相談していない。

「はい。柳井様にご協力いただいて、今朝薬をお渡ししたところです」

「なにを？」

「八味地黄丸です」

「ふむ」と、大旦那様は頷いた。

「つまり、腎が弱っているんですね。でもお前さん、忘れていませんか。補腎には、もっと最適な薬があります」

八味地黄丸は、それなりに強い薬だ。それよりさらに、上となると――。

「龍気養生丹ですよ」

大旦那様に答えを言われ、熊吉は「あっ！」と声を上げた。

龍気養生丹は、腎を強くする薬だ。精力剤として名を知られているが、もちろん腎の弱った女にも効く。

「別の薬に頼らずとも、夫婦で同じものを飲めばいいんです。違いますか？」

おっしゃるとおりだ。男と女の体は違うと思い込みすぎて、あたりまえのことが頭から抜けていた。

「すみません、そのとおりです」

「まだまだですね」

大旦那様が足を止め、振り返る。口元を歪《ゆが》めて、フッと笑った。

「この年寄りは、長く生きたぶんお前たちより知恵があります。もう少し頼りなさい」

「はい、ありがとうございます」

恐縮して、熊吉は体を二つに折り曲げる。その後頭部に向けて、大旦那様が語りかける。

「それからもう一つ。私は隠居の身ですから、わりと暇ですよ。なにか言うことはありませんか」

「へっ？」

わけが分からぬまま、顔を上げた。

隠居したといっても、大旦那様は薬の製作はやめていない。並みの隠居よりは、忙しいはずである。

「前々から、お前が気にかけていたことですよ」

そう言われても、すぐには思いつかなかった。

大旦那様に、以前から相談していたことといえば――。

「特にないなら、もういいです」

熊吉がまごまごしているうちに、大旦那様はくるりと踵《きびす》を返してしまう。

「あっ。もしかして、小僧たちの学習のことですか」

今さらながら、閃《ひらめ》いた。大坂の道修町《どしょうまち》のように、小僧たちに学びの場を作ってやりたいと言ったことがある。大旦那様に相談したまま、宙ぶらりんになっていることといえばそれくらいだ。

「さてね」

その言いかたは、たぶん正解だ。それなのに大旦那様は、さっさと歩きだしてしまう。

「あ、ちょっと。待ってください」

熊吉は、慌ててその背中を追いかけた。

凝り鮒

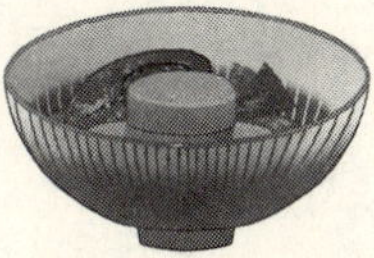

一

鍋《なべ》から立ちのぼる湯気《ゆげ》と、竈《かまど》の火。

コトコトと煮込む料理は、寒い冬との相性がいい。調理場はほんのりと暖かく、吸う息も喉《のど》に優しい。

霜月《しもつき》二十四日。冬至《とうじ》は七日も前に過ぎ、日ごとに寒さの募《つの》る頃《ころ》おいである。

竈の火に手をかざすと、小指の腹がちりちりと痒《かゆ》い。霜焼《しもや》けができかけているのかもしれない。

霜焼けができるのは、血の巡りが悪いせい。寝る前に軟膏《なんこう》をすり込んで、よく揉《も》んでおこう。そんなことを考えていたら、二階へと続く階段がぎしりと軋《きし》んだ。

腰を伸ばして、振り返る。内所《ないしょ》との境である暖簾《のれん》を掻《か》き分けて、姿を現したのは只《ただ》次郎《じろう》だった。

「ああ、お花《はな》ちゃん。精が出るねぇ」

そう言うと、満面に笑みを広げる。三十過ぎの男とは思えぬほど、額《ひたい》も頬《ほお》もつるりとしている。

ごぉん、ごぉんと、鐘《かね》の音が鳴りはじめた。宵五つ（午後八時）の捨て鐘である。

「おっ母《か》さんは、寝た？」

「ああ。お花ちゃんのお陰でぐっすりだよ」

「そう、よかった」

お花もまた、只次郎につられて頰を緩める。

悪阻《つわり》が治まったのはいいが、お妙《たえ》は近ごろ疲れやすい。ふとした拍子《ひょうし》に抗《あらが》いがたい眠気に襲われるようで、先刻も夕餉《ゆうげ》を食べながらウトウトしていた。

そんな調子なのに、明日の下拵《したごしら》えをしておきたいなどと言いだす始末。その程度のことは自分がやると説き伏せて、なんとか二階へ追い立てた。

それから半刻《はんとき》（一時間）あまりが経《た》っているから、横になってからも只次郎相手になにか言っていたのだろう。

「きっと、明日が楽しみなんだね」

明日は升川屋《ますかわや》のお志乃《しの》たちが、『ぜんや』に飯を食べにくる。旦那《だんな》衆だけでお妙の帯祝《おびいわ》いに集まったことを、根に持っているようだ。

そもそも妊娠、出産にまつわることは女同士のほうが詳しく、相談もできる。ならば女ばかりであらためて、祝いの席を設けようじゃないかという話になった。

昼餉の客が落ち着く昼八つ（午後二時）ごろからの、貸し切りである。俵屋《たわらや》のご新《しん》造《ぞう》となったお梅《うめ》も来るそうだ。顔を合わせるのは、祝言《しゅうげん》の日の朝以来。お花にとっても、楽しみな会である。

「ふぅ、寒い寒い」

只次郎が綿入《わたい》り半纏《はんてん》の前を掻き合わせ、下駄《げた》を履いて土間に下りてくる。湯気の上がる鍋に向かって、くんくんと鼻をうごめかせた。

「あれは、なにを作っているのかな？」

小腹が空《す》いて、なにか温かいものでも腹に入れたいのだろう。だが、お生憎様《あいにくさま》。お花は二つの鍋を順に指差す。

「こっちは大根の下茹《したゆ》で。隣は小豆《あずき》の下茹で」

つまり、味は入っていない。当てが外れて、只次郎はしょんぼりと肩を落とした。

「それは残念。しかし今夜は冷えるねぇ」

そう言って、軽く身を震わせる。見世《みせ》棚《だな》で仕切られたあちら側まで、竈の熱は伝わらない。

「燗《かん》でもつける？」

「ううん、どうしようかなぁ」

冷えた体を温めるには、熱燗《あつかん》が手っ取り早い。お花は造りつけの棚から、反故紙《ほごがみ》の包みを取り出した。

「笠子《かさご》の鰭《ひれ》があるよ」

包みを開いて、見せてやる。只次郎は首を伸ばし、「おっ！」と目元に喜色《きしよく》を浮かべた。

三日前に、笠子の煮付けを店に出した。その際に、胸鰭《むなびれ》を切り取って干しておいた。火鉢の埋《うず》み火《び》を掻き起こし、鰭を二枚、サッと炙《あぶ》る。銅壺《どうこ》の湯はとっくに始末してあるため、酒は小鍋に湯を沸かして燗をつけた。

いつもは風味が飛ばぬよう、ぬる燗にするところだが、酒がふつふつと泡立つほど熱を入れる。なるべく熱いほうがよいという。

さて炙った鰭を湯呑《ゆの》みに入れ、熱々の酒を注《つ》ぎ入れたらすぐ蓋《ふた》だ。直《じか》に触れると火傷《やけど》をしかねない。布巾《ふきん》に包んで、床几《しょうぎ》に落ち着いた只次郎の膝元《ひざもと》に置く。

そのまま蒸らすことしばし。頃合いを見計らい、只次郎が湯呑みの蓋を持ち上げた。鰭の旨《うま》みがにじみ出て、無色透明だった酒がほんのり琥珀《こはく》色に染まっている。笠子の鰭酒である。

「あちちち」と言いつつ湯呑みを口元に近づけると、只次郎は唇《くちびる》を尖《とが》らせてそっと酒を啜《すす》った。そのとたん、顔の具がくしゃりと真ん中に寄る。

「くぅ〜、染みるぅ！」

なんとも旨そうだ。でもこんな飲みかたをするのは、只次郎くらいのものだろう。

鰭酒が生まれたきっかけは、店に来ていた子供の悪戯《いたずら》だ。親は酒が入って長《なが》っ尻《ちり》になっており、じっとしているのに厭《あ》きたらしい。お父《とっ》つぁんを懲《こ》らしめてやろうとばかりに、皿に載っていた甘鯛《あまだい》の塩焼きの鰭をちろりに入れた。だがそのちろりは、すぐ隣で飲んでいた只次郎のものだった。

親が気づいて子を叱《しか》るも、只次郎は「構いませんよ」と笑いながらその酒を飲んだ。それが案外、旨かったらしい。

以来具合のよさそうな魚の鰭は、切り離して干すことにしている。笠子ははじめてだが、お気に召したようである。

「こんな旨いものがあったとはねぇ。あのときの子には、感謝したいくらいだよ」

湯呑みから立ちのぼる湯気を吸い込んで、只次郎はうっとりと目を細める。すっかり鰭酒にはまっている。

少しくらいは、つまめるものを。そう思い、干し大根の糠漬《ぬかづ》けを切って置いてやった。

「ありがとう」

お花に向かって礼を言うと、只次郎はまん丸のお月様のように笑ってみせた。

「ああ、幸せだなぁ」

しみじみと、そう呟《つぶや》く。お花もふふっと笑いながら、床几の隣に腰かけた。

「毎日旨いものが食えて、お妙さんとお花ちゃんがいて、来年には子が生まれる。幸せすぎて、怖いくらいだ」

「怖い？」

「ああ。あんまり幸せだから、そろそろなにか、よくないことが起きるんじゃないかと思ってしまうよ」

「そっか」

なんとなく、分かる気がする。お花だって、幸せを両手に握りしめて生まれてきたわけじゃない。実母に散々振り回されて、やっと落ち着いた日々を送れるようになった。

そのため平穏というものが、いかに脆《もろ》いかを知っている。明日もまた、あたりまえに今日の続きを生きられるとはかぎらない。

「だったら、守らなきゃね」

この先になにが待ち構えているかなんて、公方様《くぼうさま》でも分かりはしない。それでも壊されたくないのなら、心を強く持ってこの幸せを守らねば。

身重のお妙と腹の子は、守られる側。残るは只次郎と、お花だ。

「お父つぁんと一緒に、守ってくれるのかい？」

「うん、もちろん」

「そうか。それは心強いよ」

行灯《あんどん》が一つ点《とも》っているだけなのに、只次郎はなぜか眩《まぶ》しげな顔をする。大きな手のひらで、お花の背中をさすってくれた。

「ふふっ」

なんだか照れ臭い。背中が温かいぶん、足元がやけに冷たく感じる。土間の冷気が上がってくるのだ。

「やっぱり、こっちはちょっと寒いね」

照れ隠しに、座ったまま足踏みをする。すると只次郎が、手にした湯呑みを差し出してきた。

「飲むかい？」

飛びきり熱く燗をつけてあるため、鼻先で嗅《か》ぐと酒のにおいが強い。思わず顔をしかめそうになる。

だけど、自分だってもう大人だ。酒の味くらい知っておかねば、旨い肴《さかな》も作れない。お栄《えい》と一緒に飲んだ白酒《しろざけ》は、美味《おい》しくてついたくさん飲んでしまった。なら鰭酒も、ちょっとくらい大丈夫だろう。

「じゃあ、ひと口」

とことわって、湯呑みを受け取る。表面は、どうにか手で触れるくらいの熱さになっている。

顔に近づけると、ますますにおいがきつくなった。酒精《しゅせい》と、笠子の鰭の生臭さ。息を止めて、ほんの少し啜ってみる。

そのとたんまるで旋風《つむじかぜ》のごとく、荒々しいものが鼻腔《びくう》を駆け上がってきた。眉間《みけん》までツンと突き抜けて、悲しくもないのに涙が出てくる。びっくりして飲み込むと、喉から胃の腑《ふ》にかけて火がついたように熱くなった。

上へ下へと暴れ回る酒精のせいで、しばらくはなにも言えない。目、鼻、口をぎゅぎゅぎゅと寄せて、耐えるしかない。

た。

「にが！」

やっとのことで声を発すると、只次郎が湯呑みを引き取りながら「あはは」と笑った。

二

ありがたいことに、翌二十五日は冬晴れの空となった。

吹く風は冷たいが、この程度ならお志乃もお梅も道中難儀《どうちゅうなんぎ》することはあるまい。約束の昼八つが近づいてくると、勝手口の戸が開き、まずははじめに裏店《うらだな》のおえんがやって来た。

「さぁさ、今日はそろそろ店仕舞い。野郎ども、とっとと食っちまいな」

手を叩《たた》き、まだ残っている昼餉の客を急《せ》かしている。それを合図に、床几の客が立ち上がった。

空いたところにどかりと座り、おえんは樽《たる》のような腹を撫《な》でる。

「はぁ、腹が空いちまったよ。女ばかりの宴会に備えて、昼飯を茶碗《ちゃわん》三杯しか食べてないからね」

「食べすぎだよ」

おえんの訴えを、給仕のお勝《かつ》が混ぜ返す。客の勘定を数えていたお花は、笑いだしそうになるのをぐっと堪《こら》えた。

「あら、おかやちゃんは一緒じゃないの？」

前掛けで手を拭《ぬぐ》いながら、お妙が調理場から出てきた。おえんが「ああ」と首をすくめる。

「千寿《せんじゅ》が来ないと知って、遊びに行っちまったよ」

おかやは千寿が大好きなのに、その母であるお志乃のことは苦手なようだ。旨いものを諦《あきら》めてまで、同席するのを避けたのだろう。

千寿と一緒になりたいなら、お志乃に気に入られるのが肝要なのに。お梅のように礼儀作法を習いに行くなりして、親密になっておくべきだと思うのだが――。

そういった努力を、するつもりはないらしい。

やれやれと、お花は内心ため息をつく。とはいえおかやは九つ、千寿もまだ十《とお》だ。

焦ることはないのだろう。

「ご馳走《ちそう》さん、旨かったよ」

「はい、ありがとうございます」

気持ちを切り替えて、お花は最後の客を見送りに出る。

はじめて見る二人連れで、どちらも大工だという。この近くで普請《ふしん》があり、『ぜんや』の評判を聞いて食べにきたそうだ。

「気に入った、また来るよ」

「お待ちしてます」

嬉《うれ》しい言葉に、お花は深々と腰を折る。とそこへ、「えっほ、えっほ」と駕籠舁《かごか》きの声が近づいてきた。

その駕籠が、店の前に横づけされる。友禅《ゆうぜん》の裾模様《すそもよう》の褄《つま》を取り、楚々《そそ》とした風情で降りてきたのはお梅である。

間を置かず、駕籠がもう一挺《ちょう》。すぐそこに止まり、降りてきたのは紋付きの色無垢《いろむく》を着た威厳のある中年増《ちゅうどしま》だ。

いずれも裏店のおかみさんとは、一線を画する佇《たたず》まい。大店《おおだな》のご新造としての貫禄がにじみ出ている。

「お梅ちゃん、お志乃さん、いらっしゃい」

よく知る顔に、お花はふわりと頰を緩める。

その傍《かたわ》らではさっきの客が、「おいおい、なんだこの店」と、目をぱちくりさせていた。

「駕籠なんてね、大袈裟《おおげさ》だと言ったのよ」

拳《こぶし》をぐっと握りしめ、小上がりに落ち着いたお梅が愚痴をこぼしている。

「新川《しんかわ》から来るお志乃さんなら分かるけど、俵屋から『ぜんや』なんて歩いてすぐ。小半時《こはんとき》（三十分）もかからないわよ」

店の前で、いたずらに耳目《じもく》を集めてしまったのが恥ずかしかったのだろう。耳の先まで、ほんのり赤くなっている。

「諦めなはれ。大店に嫁ぐというのは、そういうもんどす」

お志乃が背筋を伸ばして座り、ご新造の心得を説く。大店に嫁いだからには、その振る舞いは店の評判にもかかわってくる。よそへ行くときはお供がつくし、駕籠も呼ばれる。気ままな一人歩きなど、とうてい許されないという。

「そのわりにはアンタ、しょっちゅう家出をしてたじゃないか」

得々と語るお志乃に横槍《よこやり》を入れたのは、お勝である。

お花も一度、お志乃の家出に居合わせた。升川屋と喧嘩《けんか》をして家を飛び出し、お妙を頼ってやって来たのだ。もっと若いころは、そういうことが何度かあったようである。


「嫌やわ、そんな昔のこと」

「それほど昔でもないんじゃない？　最後がたしか、お百《もも》ちゃんの悪阻のときだろう。だから、ええと――」

「二年前だね」

おえんが「ひぃ、ふぅ」と指を折り、お勝が答える。もはやなにも言い返せず、お志乃は唇を尖らせた。

この二人にかかれば、升川屋のご新造もやけに幼く見える。日頃の威厳に満ちた姿との差に、お梅が目をまん丸にしている。

「まぁまぁ、皆さん。お喋《しゃべ》りは美味しいものでも食べながら。まずはお酒でもつけましょうか？」

お妙がころころと笑いながら、盃《さかずき》や取り皿を運んでくる。お志乃が慌てて膝立ちになり、手にしていたものを受け取った。

「お妙はんは、座っとかなあきまへん！」

「だけどもう、悪阻は治まりましたし」

「そうじゃない。お妙ちゃんのお祝いだからさ」

おえんもここに座れとばかりに、己の隣を手で叩く。

身重のお妙に負担をかけてはいけないからと、お志乃ははじめ、この祝宴を料理屋で開こうとしていた。だが他ならぬお妙自身が、『ぜんや』に来てほしいと誘ったのだ。

味噌汁《みそしる》のにおいで吐くほどの悪阻が去って、料理をするのが楽しいらしい。しかし主役が動き回っていては、なんの祝いだか分からない。

「でもまだ、お料理が――」

渋るお妙の背を、お花も後ろからそっと押した。

「あとは私がやるから、大丈夫」

「おっ、頼もしいね。ほらお妙ちゃん、娘に甘えな」

座っていろと皆から言われ、お妙は「そう？」と言いつつ下駄を脱《ぬ》ぐ。入れ替わりにお勝が立って、酒の用意をするようだ。

女ばかりの祝宴なら、気兼ねなく飲める。酒なら升川屋から運ばれた懐妊祝《かいにんいわ》いがたんまりとあった。

お花は前掛けの紐《ひも》を締め直し、調理場に入る。あとは温め直したり盛りつけたりするだけで、たいした作業はない。まずは突き出しになりそうな肴を小鉢に盛る。

柚子《ゆず》と蕪《かぶ》の甘酢漬けに、百合根《ゆりね》の卵とじ。折敷《おしき》に載せて供すると、おえんが「待ってました！」と手を叩く。

「今日はもう、飲んじまう。なんてったって、お祝いだからね」

「ほんに。おめでとうございます、お妙はん」

「アタシからも、おめでとう！」

「皆さん、ありがとうございます。嬉しいわ」

お妙が一人一人の顔を見回して、微笑《ほほえ》みかける。六月目《むつき》となり、いよいよ腹が目立ってきた。帯の下から、ぽっこりと張り出している。

「体調に、なにか不安はおまへんか」

「そうですねぇ、お腹《なか》が大きくなってきたせいか、腰が少し痛みます」

「まだまだこれからだよ。産み月が近くなると背中まで痛むし、くしゃみをしただけで小便が洩《も》れるよ」

「なんの話だい。汚いねぇ」

お勝が呆《あき》れ顔で、燗のついたちろりを運んでくる。「なにが汚いもんかい」と、おえんが胸を張った。

「この先体がどうなるのか、お妙ちゃんだって心構えをしておきたいだろ。お勝さんのときは、どうだったんだい」

「そうさねぇ、あまりに昔のことすぎて。ああそうだ、便通が悪くなって苦労したね」

「ほらやっぱり、汚い話だ」

からからと、おえんが笑う。育ちのいいお志乃まで、袖《そで》を口元に当てて笑っている。

「うちは、仰向《あおむ》けで寝られまへんから、眠りが浅《あそ》うなって困りましたなぁ」

「ああ、分かる。腹が重たいんだよね。足袋《たび》も一人じゃ履けないしさ」

若いお花とお梅には、ちんぷんかんぷん。顔を見合わせ、首を傾《かし》げる。

女ばかりだと、こうして体の悩みに寄り添えるのがいい。お妙もいつもより、寛《くつろ》いだ笑みを見せている。

「ささ、お勝さんも座って座って。お花ちゃんもさ、料理を全部運んじまいなよ。一緒に食べよう」

盃を配りながら、おえんがこちらに向かって手招きをする。女たちの輪の中に、早く入ってこいと言う。

お妙の様子を窺《うかが》うと、「そうしなさい」とばかりに頷《うなず》き返してきた。

だったら早く、料理を盛りつけてしまわないと。お花は歌うように下駄を鳴らし、調理場へと引き返した。

「うん、旨い。さすが升川屋、いい酒だねぇ」

一杯目をくいっと干し、おえんが感に堪《た》えかねたように膝を打つ。すぐさまちろりを取り上げて、手酌で酒を注いでいる。

お志乃がかしこまって、ぺこりと頭を下げた。

「おおきに。うちの父様《とと》も喜びます」

「あ、そっか。お志乃ちゃんの実家の酒か」

つまりは灘《なだ》の上諸白《じょうもろはく》。お志乃の父が、丹精込めた酒である。

「こないだ新酒が届きましたよって、またうちのだんさんが持ってくると思いますけど」

「もう充分、お気持ちだけで」

これ以上酒樽が増えたら、置く場所がない。お妙がそっと、手のひらを突き出した。

「どいつもこいつも、浮かれちまってねぇ」

やれやれと、お勝が酒樽で埋まった一角に目を遣《や》る。味噌も木綿《もめん》も売るほどあるし、俵屋からは先日、立派な高麗人参《こうらいにんじん》まで届いた。

旦那衆はまるで競うように、懐妊祝いを贈ってくる。

「ごめんなさい。うちの大旦那様、隠居してちょっと暇みたいで」

お梅が申し訳なさそうに、肩を縮める。俵屋の大旦那を「うちの」と呼べるくらいには、婚家に馴染《なじ》んできたようだ。

同じく浮かれきった亭主を持つお志乃が、「ふぅ」と頬に手を当てた。

「気が利いとるのは、三文字屋《みもじや》はんくらいですなぁ」

「あの人は女相手の商売だもんね。それに、男色だし」

「えっ？」

おえんの言葉に驚いて、思わず喉の奥から声が出た。お梅も知らなかったようで、目を大きく見開いている。

「あ――」

酒が入って、舌が滑らかになりすぎたのだろう。おえんが「しまった」という顔をする。

この江戸では男色など、べつに珍しくもない。芳町《よしちょう》や湯島《ゆしま》に陰間《かげま》茶屋《ぢゃや》があることは、お花でさえ知っている。だが三文字屋のことは、初耳だった。

そっか。だから旦那衆の中で、一人だけおかみさんがいないんだ。

跡取りとして、甥《おい》っ子を養子に迎えたとも言っていた。そういう事情なら、辻褄《つじつま》が合う。

「ささ、冷めへんうちにお料理をいただきまひょ」

お志乃があからさまに話題を変えた。お妙も「ええ、どうぞ」とその流れに乗る。

三文字屋の件は、周知の事実であるらしい。

まぁ、そういうこともあるよね。

と思えるくらいには、お花も世慣れてきた。お梅だって驚きはしたものの、宝屋《たからや》の看板娘として多くの人に接してきた身だ。べつに気にしていないだろう。

「ほら、お花ちゃん。料理の解説をしてやりな」

それなのに、年輩者たちはやけに焦っている。なんだか可笑《おか》しくて、お花は「ふふっ」と笑った。

では、気を取り直して。片方の手で袂《たもと》を押さえながら、料理の皿を指し示す。

「先にお出ししたのが、柚子と蕪の甘酢漬けと、百合根の卵とじ。それからこっちは、南瓜《かぼちゃ》のいとこ煮」

「いいねぇ。冬至は過ぎちまったけど、南瓜はいつ食べても旨いもんだ」

小豆と共に炊《た》き込んだいとこ煮を前にして、おえんが目を輝かせる。南瓜も百合根もほくほくとして、女衆好みの味である。

「これはなぁに。魚の身を、卵で和《あ》えてあるの？」

「うん、鮒《ふな》の子まぶし」

料理の解説は、まだ途中だ。お梅の問いに、頷き返す。鮒の身の洗いを、さっと湯がいた卵で和えたものである。

「お好みで、山葵醤油《わさびじょうゆ》か酢味噌で食べてください。あとは、鮒のアラを使った鮒大根」

「鰤《ぶり》大根ならぬ、鮒！」

驚きの声を上げたのは、お志乃である。

狙《ねら》いどおりの反応だったのか、お妙がうふふと含み笑いを洩らした。

「寒鮒です。今時分の鮒は餌《えさ》も食べず水底でじっとしていますから、臭みがなくて美味しいですよ」

寒い時期の鮒は、水底でほとんど眠っているようなものだという。そのためお腹の中が綺麗《きれい》で、驚くほど臭みがなく、脂も乗っているという。

「ええ〜、本当に？」

おえんはまだ、疑わしげだ。お妙がその膝先へ、鮒の子まぶしの皿をすっと滑らせた。

「どうぞ、召し上がってみてください」

「まぁ、お妙ちゃんが言うなら旨いんだろうけどさ」

そう言いながらおえんは箸《はし》を取り、卵をまぶした身をひと切れ、山葵醤油に潜らせる。それを口に入れるやいなや、これでもかと目をひん剝《む》いた。

「なにこれ、旨い！　コリコリしてて、脂が乗ってるけどしつこくないよ」

間を置かず、酢味噌でもひと口。今度は箸を握ったまま、「んー！」と首を振って唸《うな》りはじめた。

「もしかしてこれ、鯛や平目《ひらめ》の刺身より旨いんじゃないかい？」

「えっ、そんなに？」

おえんがあまりに騒ぐから、お梅とお志乃もつられて鮒の子まぶしに箸をつける。

二人とも、まずは山葵醤油で。口に入れた後の反応は、おえんと似たりよったりだった。

「びっくりした。これ、本当に鮒？」

「卵がぷちぷちと弾《はじ》けて、そのコクがまた鮒の身に絡んで——。どうしまひょ、お酒が進んでしまいますわ」

お花も味見をしたときは、同じように驚いた。歯応《はごた》えといい爽《さわ》やかな風味といい、寒鮒の刺身は他のどの魚よりも旨いかもしれない。今日の宴《うたげ》のために、お妙が鮒を仕入れたがったわけが分かった。

「お志乃ちゃん、お梅ちゃん。たぶんこれ、酢味噌のほうが旨いよ」

「わぁ、ほんまに。そういえば鯉の洗いかて、酢味噌が合いますもんな」

「まったりとして美味しい。お勝さん、アタシにもお酒を」

大騒ぎする女たちを前にして、お妙は満足げに微笑んでいる。人が旨そうに食べる様を、眺めているのが好きなのだ。自分が作った料理なら、なおさらである。

お花にも、その喜びが分かってきた。ただ嬉しいというよりも、してやったりという気持ちに近い。ちょっとした悪戯心のようなものだ。

そんな寒鮒のアラで煮た大根が、旨くないはずがない。しかも大根は昨夜のうちから下茹でをして、箸がするりと入るほど柔らかいのだ。

狂言でもはじまるのかと思うほど、もはや舌鼓が止まらない。お勝も一緒になって、盃の酒をあおっている。

「はぁ、やっぱり下手な料理屋よりも、『ぜんや』どすなぁ」

目を瞑《つむ》って大根をゆっくり味わってから、お志乃がうっとりとため息をついた。

三

酒精が回りはじめると、女たちはますます饒舌《じょうぜつ》になった。

健やかな食欲を見せながら、四方山《よもやま》話に花が咲く。特に俵屋に嫁いだばかりのお梅の話には、誰《だれ》もが興味津々だった。

「そりゃあさっきの駕籠みたいに、窮屈なところはあるけれど。大旦那様も女中さんたちも皆よくしてくれて、もったいないくらいよ」

「大旦那様と、女中さん？　おや、大事な人をお忘れでないかい」

「――もちろん、旦那様も」

おえんにからかわれ、お梅がほんのりと頬を染める。酒で下地ができているから、赤みがますます鮮やかだ。

俵屋で、お梅は大事にされているのだろう。友達が幸せそうで、お花の胸もぽかぽかしてくる。酒は一滴も飲んでいないのに、愉快だった。

「祝言の日の朝は不安でたまらなくて、『ぜんや』を訪ねてきちゃったけどね。お花ちゃん、あのときは励ましてくれてありがとう」

あらためて礼を言われると、恥ずかしい。お花は軽くはにかんで、肩をすくめる。

「まぁ、そんなことがあったの？」

お梅が出奔《しゅっぽん》してきたことは、お妙や只次郎にも話していない。いつも元気なお梅だから、弱気なところは人に知られたくないかもしれないと思ったのだ。

でもこの面々になら、弱みを見せてもいいようだ。いやきっと、あのときの弱気を笑い飛ばせるくらい、今が幸せなのだろう。

「どいつもこいつも、ここに家出をしてくるねぇ」

盃をきゅっと干し、お勝が苦笑いを浮かべた。

『ぜんや』とは、そういう場所だ。身の置き所が他にないときに、気軽に訪ねてゆけるのがいい。

お花も昔は、そうだった。実母に家を追い出されても、お腹が空いてたまらなくても、『ぜんや』に行けば優しい笑顔と、美味しい飯が迎えてくれた。それにどれだけ救われたか、もはや計り知れないくらいである。

「旦那様と喧嘩をしたら、お志乃ちゃんみたいに飛び出してくるといいよ」

「またそんなことゆうて。俵屋はんはうちのだんさんみたいに、気遣いの足りんお人やおまへんやろ」

「ほほう。で、本当のところはどうなんだい？」

おえんとお志乃が、お梅のほうへ揃《そろ》って顔を振り向けた。

お梅はちょっとうつむいて、いとこ煮の南瓜にゆっくりと箸を入れる。

「旦那様は、気遣いの人よ。それはもう、しすぎるくらい」

「おや、なんだか不満そうな言いかただね」

若夫婦らしい、些細《ささい》な行き違いがあるのかもしれない。話してみなと、おえんが先を促した。

「近ごろ、熊吉《くまきち》さんがね。龍気養生丹《りゅうきようじょうたん》を子を望む女にも売っているの」

手にしていた箸をいったん置き、お梅がぽつりぽつりと語りだす。

熊吉の試みについては、お花も耳にしていた。なかなか子ができない女は、腎《じん》が弱っているという。そこで腎を補う薬である龍気養生丹を、女にも広めようとしているのだ。

まずは跡取りの男子がいなければお家《いえ》存続の危機となる、武家の妻から。女同士の噂《うわさ》は巡るのが早く、じわじわと客が増えはじめているという。

それが、俵屋の旦那様とどう関係があるのだろう。よく分からないが、口を挟まず聞くことにする。

「それでね、旦那様に聞いてみたの。アタシも飲んだほうがいいかしらって。でもね、家に慣れるのが先だから、そんなに焦らなくていいと言われちゃったわ」

「いい旦那じゃないか。なにが引っかかってるんだい？」

お勝の言うとおりだ。お梅は嫁いだばかりだし、なにより若い。龍気養生丹に頼るのは、時期尚早である。

「一事が万事、その調子なの。奥向きの差配なんかも、女中頭がよく心得ているから無理はするなって、そればっかり。慣れないアタシを気遣ってくれてるのは分かるんだけど、度が過ぎると馬鹿にされてるように思えちゃって」

「分かります！」

思わぬところに、理解者がいた。お妙が両手を握り合わせて、身を乗り出す。

「私も子を身籠《みご》もってから、あれは駄目、これは駄目とうるさく言われていますから。昨夜も店をせめて暮れ六つ（午後六時）まで開けておきたいと訴えたのに、聞き入れてもらえませんでした」

昨夜二階で只次郎となにやら話し込んでいたのは、その件か。

店の営業は依然として、夕七つ（午後四時）まで。悪阻が治まったのだから、お妙としてはもう少し開けておきたいのだろう。

「いや、お妙ちゃん。それは只さんが正しいと思うよ。ちょっとは楽になったかもしれないけど、この先どんな不調があるか分からないんだ。長いこと立ち仕事をするのは、お勧めできないね」

「そうどす。それに子を産んでからも、お乳をあげなあきまへんから、ろくすっぽ寝られやしまへん。お妙はんの体を思えば、向こう一年は夕七つまでとしといたほうがええと思いますえ」

しかしおえんもお志乃も、只次郎と同じく無理はするなという意見である。

「向こう一年――」

あまりに長いと感じたか、お妙は助けを求めるようにお勝の顔色を窺った。

「そうだね、子を産むのは本当に命がけなんだ。ましてやアンタは、歳《とし》も食ってる。甘い考えは、捨てることだね」

お妙が前夫から引き継いだ『ぜんや』をいかに大事にしているか、お勝はよく知っている。しかし店を長く続けたいと思うなら、なおさら今は無理をすべきではない。ともすれば、子もろともお妙が命を落とすことになる。

嚙《か》んで含めるようにそう言って聞かせるお勝の眼差《まなざ》しは、厳しくも優しかった。

お妙には、なにも言い返すことができない。「そうね」と呟き、しょんぼりと肩を落とした。

お勝はまた、お梅にも言い諭《さと》す。

「それから、お梅ちゃんもね。俵屋の旦那様は、なにもアンタを馬鹿にしているわけじゃない。少しずつ、家のやりかたに慣れていってほしいのさ。だからまずは、女中頭の差配を参考にしろと言ってんだろ」

奥向きを取り仕切るにも、それぞれの家でやりかたがある。俵屋に入って日の浅いお梅がすべてを担ってしまうと、混乱のもとだ。

だから焦らず、少しずつ。子だってそのうちできるはず。ご新造の務めを果たさねばと、お梅は気負いすぎなのだ。

「それは、そうかも。お勝さんの言うとおりだわ」

俵屋に嫁いでから、お梅は肩肘《かたひじ》を張っていたのだろう。その肩が、お妙と同じくしょんぼりと縮められる。

「おやおや、二人とも萎《しお》れ返っちまったね」

おえんが困惑して、お妙とお梅を見比べる。

祝いの席だというのに、やけに湿っぽくなってしまった。こういうとき、場を盛り上げるにはどうすればいいのだったか。

お花はとっさに膝立ちになり、手を叩き合わせた。

「さて、そろそろご飯を炊きましょうか」

口調はまるで、お妙である。なにごとかと、皆ぽかんとこちらを見上げている。

大丈夫。困ったときには、旨いものを出してしまえばいいのだ。

「とっておきのものがあるから、ちょっと待ってて」

たっぷりと勿体《もったい》をつけてから、お花は土間に下りて下駄を引っかけた。


土鍋で炊いたばかりの飯は、粒が立って艶々《つやつや》と輝いている。

おえんが鼻の穴を広げ、甘い香りのする湯気を胸いっぱいに吸い込んだ。

「こっちでよそい分けるから、杓文字《しゃもじ》をちょうだい」

「分かった。じゃあ、お願い」

お妙の手に杓文字を託し、お花は汁の用意をするべく調理場に戻る。

温め直した汁を六人分、それぞれの椀《わん》に注ぎ分けて、仕上げにおろし生姜《しょうが》をちょこんと載せる。豊潤な磯《いそ》の香りに、お花もたまらず胸を膨《ふく》らませた。

折敷に載せて、小上がりへと運んでゆく。磯の香りにいち早く気づいたのは、お梅だった。

「このにおいは、海苔《のり》ね！」

さすが、宝屋の元看板娘。その膝先に、木の椀を置いてやる。

「うん、炙り海苔のお吸い物」

海苔を七厘《しちりん》でさっと炙り、椀の中に揉み入れた上から、鰹出汁《かつおだし》をかけたものだ。

いい海苔を使えば、香りもひとしお。『ぜんや』では宝屋から海苔を仕入れており、風味のよさにかけては申し分ない。

「ああ、いいにおい。なんだかもう懐かしいわ」

お梅が汁椀を鼻先に近づけ、目を瞑る。ほんの少し前まで、この香りに包まれて暮らしていたのだ。生薬《きぐすり》を商う俵屋とは、家のにおいがまるで違っているだろう。

「嬉しい。この汁が、とっておき？」

「そう。でも、これだけじゃないの。待ってて」

そう言い置いて、お花は二階へ駆け上がる。

目当てのものは、いい具合に仕上がっていた。染め付けの鉢を手に、皆の元へと引き返す。

「どうしたってんだい？」

大きな体を捻《ひね》って、おえんが階段口に目を向ける。配膳の途中でお花が二階に消えたものだから、面食らっているようだ。

「失礼しました。これがもう一つのとっておきです」

またもお妙の口調を真似《まね》て、染め付けの鉢を差し出す。おえんとお志乃、それから
お梅が、首を伸ばして中身を覗《のぞ》き込んだ。

「なんだこりゃ、茶色い寒天？」

「それにしては、固まり具合がちと弱いような」

「あ、分かった。煮凝《にこご》りね！」

琥珀色の、柔らかなかたまり。正体を言い当てたのは、お梅だった。

「ええ、そのとおりです」

黙って様子を見守っていたお妙が、してやったりという笑みを浮かべる。

鮒大根の汁だけを別に取り、火の気のない二階で冷やしておいた。揺すると震える
程度に固まっているのは、鮒の皮や骨から滲《にじ》み出たにかわ質のお陰である。

「匙《さじ》ですくって、少しずつご飯に載せてお召し上がりください」

お妙が「さぁどうぞ」と、手のひらで鉢を指し示す。誰のものだか、ごくりと唾《つば》を
飲み込む音が聞こえた。

「じゃあ、アタシからいっていいかい？」

真っ先に匙に手を伸ばしたのは、食い意地の張ったおえんである。煮凝りの表面にぷつりと匙を入れ、掬《すく》い取る。

「うわぁ、ぷるぷるしてるよ」

匙の上で身を躍らせる煮凝りの欠片《かけら》を、茶碗飯へ。すると飯の熱が伝わって、とろりと下のほうから溶けてゆく。

「わわ、溶けちまう！」

慌てて匙から箸へと持ち替えて、おえんは煮凝りごと飯を掻き込んだ。

「んほう！」

これは、感嘆の吐息か。煮凝り飯を味わいながら、おえんは天を仰いで震えている。

「いけない、危うく昇天しそうになっちまった。これはまさに、とっておきだよ！」

目の前でここまで旨そうに食べられては、お志乃やお梅もじっとしていられない。

次々に煮凝りを掬い取り、飯に載せて食べはじめる。

「あああ。やだこれ、蕩《とろ》けるぅ」

「鮒の旨みがとろとろと、ご飯に絡んで。はぁ、なんて悩ましいお味やろ」

大店のご新造も、旨いものの前ではただの人。口直しに吸い物を啜り、お梅がさらに身悶《みもだ》えた。

「ああ、海苔の美味しさが全部、おつゆに染み出てるぅ」

よかった。とっておきのふた品のお陰で、さっきまでの湿っぽさが吹き飛んだ。

「旨い、美味しい」と、三人の笑顔が咲き乱れている。

「さ、アタシたちもいただこうじゃないか」

お勝に促され、お花も茶碗飯に煮凝りを載せる。飯と一緒に掻き込むと、瞬く間に蕩け、口の中に旨みがじわりと広がってゆく。

その旨みが今度は飯に吸い込まれ、米の甘みと混じり合う。飲み込んだ後の、ため息までが風味高い。

これはとても、茶碗一杯では済みそうにない。味つけをしたお妙も、ひと口食べたとたん頰をきゅっと持ち上げる。

煮凝りと同じように胸のつかえも、蕩けてお腹の中に消えてゆくのが見て取れた。

四

すうすうと、安らかな寝息が聞こえる。

お志乃が壁に寄りかかり、お梅に至っては小上がりに横になって、気持ちよさそうに眠っている。

「やれやれ。少しばかり酒を過ごしちまったかね」

お勝がちょっと立って、お梅の裾《すそ》の乱れを直してやる。若妻の寝顔は、まだ幼い。

「この二人は、たまにゃ羽目を外したほうがいいんだよ」

誰よりも飲んでいたのに、おえんはけろっとしたものだ。食後の番茶を旨そうに啜っている。

「でもあれだね。お妙ちゃんのお祝いに集まったのに、アタシたちのほうがもてなされちまったね」

「いいんですよ。私はこれが楽しいんですから」

腹がいっぱいになったせいか、お妙もまた、眠そうに目をこすっている。皆が帰ったら、二階でひと眠りすることだろう。

気怠《けだる》い夕べの気配が漂う中に、夕七つの捨て鐘が鳴りはじめる。それでも二人のご新造は、目を覚ましそうにない。

「寝かしときな。そろそろ家から、迎えがくるだろう」

「うん、そうだね」

お勝の気遣いに頷き返し、お花は襷《たすき》を締め直す。

使った皿は、盥《たらい》の中に溜《た》めてある。土間に下りて、その盥を小脇《こわき》に抱えた。

「じゃあ私は、洗い物をしてくる」

「ああ、悪いわね」

「いいの。おっ母さんはゆっくりしてて」

盥は少しばかり重い。下っ腹に力を入れて、お花は勝手口から外に出た。


井戸の水は、昨日よりさらに冷たい。

寒風が耳元を吹き抜けて、おもわず「ひゃっ！」と身をすくめる。

これから大寒《だいかん》に向けて、寒さはますます募ってゆく。井戸端での水仕事がつらい季節である。

しゃがんで皿を洗っていると、だんだん指先が鈍くなってきた。誤って、落っことしてはいけない。お花ははぁっと、手に息を吹きかける。

白い息が空に向かって立ちのぼり、ほどなくして消えてゆく。上を見上げて、お花はふふっと小さく笑った。

手は冷たいし、体もぶるぶる震えているけれど、胸の中は温かい。宴の後の、満ち足りた気持ちだ。またこんなふうに、女ばかりで集まれるだろうか。

旦那衆は、暇さえあれば『ぜんや』に飯を食べにくるのだ。お志乃やお梅も、もっと気軽に通えるようになるといい。

だが実際は、そう易々《やすやす》と家を空けられないのだろう。ご新造の振る舞いは、店の評判にも繋《つな》がると言っていた。なに不自由ない暮らしをしているはずなのに、なんとも不自由な身の上だ。

霜焼けや皹《あかぎれ》ができたって、私はこうやって働いているのがいいな。

あらためて、そう思う。そして自分の作る料理で、人を大いに喜ばせたい。

そのためには、一に修業、二に修業。水の冷たさに、負けている場合じゃない。

ふんと鼻から息を吐き、洗い物を再開する。ほどなくして背後から、溝板《どぶいた》を踏む音が聞こえてきた。

お勝だろうか。それにしては、足取りが軽い。

振り返って、驚いた。四つ身の着物に、若衆髷《わかしゅまげ》。升川屋の若様こと千寿が、こちらに向かって歩いてくる。

「どうしたの、千寿ちゃん」

お花は思わず立ち上がる。前掛けで手を拭っているうちに、千寿はすぐ目の前までやってきた。

「母様《かか》の迎えの駕籠に、くっついて参りました」

「あ、そっか。でもお志乃さんは——」

「はい。よく眠っているようなので、先にお花さんにご挨拶《あいさつ》をと思いまして」

まだ幼いのに、千寿の弁舌《べんぜつ》は爽《さわ》やかだ。にっこりと、非の打ちどころのない笑みを浮かべる。

「つい飲み過ぎてしまうほど、楽しかったのでしょう。ありがとうございます」

「ううん、そんな」

酔い潰《つぶ》れている母親を見ても、そう解釈できる懐《ふところ》の深さ。聖人君子とは、千寿のためにある言葉かもしれない。

そんなことを考えていると、千寿は着物の裾を軽く持ち上げ、盥の前に屈《かが》み込んだ。

「お手伝いします」

「駄目だよ、着物が汚れちゃう！」

見るからに高そうな、縮緬《ちりめん》の紋付きだ。お花は慌てて、立ち上がるよう促す。

「こういうことも、やってみたいのです」

「ええっと。じゃあせめて、これを」

洗い物も、若様の知見を広めるのに役立つのか。ならしょうがないと、お花は自分の前掛けを外し、千寿に着けてやる。

縮緬の着物に、木綿の前掛け。ちぐはぐだが、ひとまずはよしとしよう。

盥の中の皿を、手分けして洗ってゆく。魚の脂がついた皿には灰汁《あく》を用い、千寿に濯《すす》いでもらうことにした。

「お百ちゃんは、元気？」

「はい、お百も年が明ければ四つです。元気すぎて困るくらいですよ」

「そっか、もうそんなになるんだね」

ついこの間まで乳飲み子だったのに、早いものだ。そんなお花も、年が明ければ十七。並みの娘なら、そろそろ縁談がまとまる年頃である。

そうだ、縁談といえば――。

「千寿ちゃんは、残念だったね。お栄さんが実家に帰っちゃって」

「えっ？」

升川屋との縁談がまとまりかけていたお栄は、けっきょく武家の女として生きる道から逃れられず、林家《はやし》に帰っていった。まるでそのことを忘れていたかのように、千寿は長い睫毛《まつげ》をぱしぱしと瞬《またた》く。

「ああ、あれは母様が一人で盛り上がっていただけで。まとまらないだろうと思っていました」

「そうなの？」

「ええ、さすがに武家のご息女は畏《おそ》れ多《おお》いです」

そういうものだろうか。千寿はそのへんの武家の子息より、品があるような気がするのだが。お栄にしたって、あれほど才気あふれる娘は他にいまい。

「まぁでも千寿ちゃんなら、この先縁談には困らないね。きっと、いい人が見つかるよ」

お栄のことを高く評価しているものだから、つい慰めるような口調になった。

千寿がふと、皿を濯いでいた手を止める。

「お花さんは、どうなんですか」

「私？　縁談なんか、ちっともないよ」

「そうじゃなくて。お花さんは、升川屋に嫁ぐ気はありませんか」

「へっ？」

今度こそ、皿を取り落としそうになった。

口をぽかんと開けて、隣を見る。千寿が真剣そのものの顔で、見返してきた。

「なにを言っているの、千寿ちゃん」

「私は、忘れたことがありません。お百が生まれて不安になった私に、お花さんが優しくしてくれたことを」

そうだった。『ぜんや』に家出をしてきたのは、お志乃やお梅だけじゃない。千寿だって、妹が生まれたその日にやってきた。誰もがお百ばかりを可愛《かわい》がるから、寂しくなってしまったのだ。

あのときはたしかに千寿を一人にしておけなくて、あれこれ世話を焼いたけど。いつまでも、恩義を感じるようなことではない。

「お花さんが、『ぜんや』の女将を目指していることは知っています。でも一度、考えてみてはくれないでしょうか。升川屋のご新造になることを」

「そう言われても——」

自分が、升川屋のご新造。なんだか悪い冗談にしか聞こえない。千寿はどこまで本気なのだろう。

こんな話が、もしもあの子の耳に入ってしまったら——。

その先は考えたくないと、首を振る。その拍子に、赤いものが目の端に映った。

ハッとして、振り返る。いつからいたのだろう。赤い着物を着たおかやが、ぽつんとそこに立っていた。

「お、おかやちゃん」

脇腹に寒気が走る。

今の話を、聞いていたに違いない。その証《あかし》に、おかやの顔が首元からだんだん赤く染まってゆく。

額まで真っ赤に染まりきると、おかやはカッと口を開けた。

飛び出してきたのは、もつれ合って言葉にならぬ叫び声だ。甲高くて、耳が痛くなってくる。

「おかやちゃん、落ち着いて」

宥《なだ》めようとしても、聞こえていない。子犬の群れが騒いでいるような声に、裏店の住人もなにごとかと腰高障子《こしだかしょうじ》を開けて顔を出す。

「どうしたんです、おかやさん」

千寿が話しかけても、止まらない。おかやはもはや、泣き喚《わめ》いている。

この声は、町内に隈《くま》なく響き渡っていることだろう。

我が子が泣いていると気づいたか、『ぜんや』の勝手口が開き、おえんが大きな体を揺らして飛び出してきた。

「二百十日」「秋日」「祝言」「帯祝い」は、ランティエ二〇二四年七月～十月号に掲載された作品に、修正を加えたものです。

「凝り鮒」は書き下ろしです。

時代小説文庫
さ 19-19

菊《きく》むすび 花暦《はなごよみ》 居酒屋《いざかや》ぜんや

著者 坂井希久子《さかいきくこ》

2024年11月18日第一刷発行

発行者 角川春樹

発行所 株式会社 角川春樹事務所
〒102-0074 東京都千代田区九段南2-1-30 イタリア文化会館

電話 03(3263)5247[編集] 03(3263)5881[営業]

印刷・製本 中央精版印刷株式会社

フォーマット・デザイン&シンボルマーク 芦澤泰偉

ISBN978-4-7584-4676-1 C0193

http://www.kadokawaharuki.co.jp/[営業]
fanmail@kadokawaharuki.co.jp[編集] ご意見・ご感想をお寄せください。

坂井希久子の本

ねじり梅
花暦　居酒屋ぜんや

ようやく道が開けてきたかに見えた二人に、新たな災難が降りかかる——。押し込み未遂騒動に、会いたくない人との再会まで。それでも二人は美味しい料理と周囲の温かい目に守られながら、前を向いて頑張ります！　お腹と心を満たす人情時代小説、第三弾。

蓮の露
花暦　居酒屋ぜんや

「ぜんや」の常連の旦那衆を狙った毒酒騒動。犯行にかつての同僚・長吉が関わっていると確信した熊吉は捜索に走る！　忍び寄る悪意に、負けるな若人！　茗荷と青紫蘇を盛り、土用卵に只次郎特製卵粥と、心と体を温める、優しい人情と料理が響く、第四弾！

坂井希久子の本

ころころ手鞠《てまり》ずし
居酒屋ぜんや

「ぜんや」の馴染み客・升川屋喜兵衛の嫁・お志乃が子を宿して、もう七月。お妙は、喜兵衛から近ごろ嫁姑の関係がぎくしゃくしていると聞き、お志乃を励ましにいくことになった。人の心の機微を濃やかに描く第三巻。

さくさくかるめいら
居酒屋ぜんや

林家で只次郎の姪・お栄の桃の節句を祝うこととなり、その祖父・柳井も声をかけられた。土産に張り切る柳井はお妙に相談を持ちかける。一方、お妙の笑顔と料理にぞっこんの只次郎に恋敵が現れる。ゆったり嗜む第四巻。

時代小説文庫
ハルキ文庫